U0013242

THIS AIN'T
A
LOVE
SONG

THIS AIN'T
A
LOVE
SONG

閉起雙眼

你
最掛念　　　　　誰

THIS AIN'T
A
LOVE
SONG

THIS AIN'T
A
LOVE
SONG

偶爾有些歌曲，會在你沒防備的時候，
走進你的心坎，讓你回味留戀。

但有時留戀的，並不是旋律或歌詞，
而是某一個自己不敢懷念的人；
想尋回的未必是實在的擁抱，
而是一些已經過去的節奏與溫柔，
還有那時候，曾經快樂的自己。

閉起雙眼

你
最掛念　　　　　誰

目錄 · CONTENTS

THIS
AIN'T
A
LOVE
SONG

THIS
AIN'T
A
LOVE
SONG

序

一首歌，不只一個故事

Middle

喜歡一首歌，每一個人都可以有著不同的原因。

也許你是喜歡，歌曲的輕快節奏，而我則念念不忘，最後一句歌詞的意味深長；也許你是欣賞，歌者的唱功非凡，而我則是不想太輕易放下，於是才又再按下重播鍵；雖然我們都聽著同名字的歌，但我們真正喜歡的，其實並不完全相似，我們只是在似懂非懂、似近非近的情況下，或以為或相信，對方是自己的知音人，然後推心置腹，甚至結成一生的好友。

愛情也是一樣，有時我們不是不察覺，對方並非真正喜歡自己、或自己真的是非他不可；會走在一起、繼續一起，也許只是因為一時快樂，又或是大家都感到寂寞、需要擁抱而已。但有多少人去到最後才發現、或是裝作沒發現，這一個陪自己走過幾許春秋的人，原來並不是跟自己一樣，有著差不多程度的喜歡或認真；原來大家只是讓自己閉起雙眼，美化或忽視彼此的優點與缺憾，才可以一起走到這一天。

是有點無奈或可悲，但如果可以重來、早一點張開雙眼，當事人也許又會問，自己又是否會真的不顧一切去追尋，那個一直暗暗掛念的誰？然後，最後，又是不是真的可以和那一個誰，一起走到這一天？我想，在不同的人生階段，每個人都會有不同的體會與答案。有些人會堅持追尋最愛的誰，有些人會只求擁有一個可以相守的人。兩者之間，不一定有高低或對錯，但同是愛情，原來可以有著不同的演繹方式、衍生更多意想不到的故事。

　　這是第一次，與人合寫一本書、一本需要聽著歌曲去閱讀的書，而且對方還是林夕老師，作為後輩與歌迷，壓力真可以比天更高……

　　但感謝他給我這一個機會，讓我可以用他的歌詞，寫出這十七個歌曲故事；當中有些故事，與歌詞原本的意思未必相同，但林夕老師一直都放手讓我去寫，對於他給予的尊重與信任，實在感恩。希望大家都會喜歡這本書，還有裡面的每一首歌。

序

/

讓他們開枝散葉吧

林夕

寫歌詞的人，最怕被問到歌詞背後有沒有什麼故事。

什麼是故事？有角色有情節有對白，但不是所有歌詞都像一個劇本大綱，情緒起伏有時、體會爆發有時，有時我是〈七友〉裡為他人作嫁衣裳的小矮人，有時是樂於被忠誠的狗伺候的公主，聽歌的人，就按自己當時需要入戲去吧。

都說創作不是來自個人經驗，就是朋友的真事。其實，何止？這麼多年來，小說裡的一句對白、電影裡一個鏡頭、身邊任何人一個表情，以至我自己無意識在沙發上躺下的一個姿勢，都會發酵成後來被唱出來的情歌。

寫了那麼多情詞，千迴百轉，不在於講愛情故事，只是在解剖一件事：愛情是怎麼一回事。就像美國經典作家 Raymond Carver

那部小說的名字:《當我們在談論愛情的時候,我們在談論什麼》。

二三四五百個字的歌詞裡一字一句,我敢說:

角色場面背景道具可能是虛擬的,只有感情是真實的。

喜怒哀樂是一時的,只有感悟是長存的。

就像〈人來人往〉裡,有人升職有人去旅行,而我卻從來不喝酒,也沒拍過貼紙相,但誰沒愛過幾個勉強讓你愛一愛的人?兜兜轉轉如輪迴幾趟後,誰不曾如大夢初醒驚覺:「原來你就在這裡,怎麼是你在這裡?」

是的,只要問問:「閉起雙眼你最掛念誰?眼睛張開身邊竟是誰?」

單單那一個「竟」字,足以開展每個人不一樣的故事。

我曾用親生仔女來形容我的歌詞,打從出生那天起,他們就各自在人心裡成長變化,而我無從也無意干預,也樂得看他們開枝散葉。

在 Middle 筆下這十七個故事,應該有許多我寫詞時沒意想過的內容,設計不來的感動。

TRACK 01
曖昧

徘徊在似苦又甜之間
望不穿這曖昧的眼
愛或情借來填一晚
終須都歸還　無謂多貪

猶疑在似即若離之間
望不穿這曖昧的眼
似是濃卻仍然很淡
天早灰藍　想告別
偏未晚

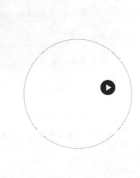

最近，他不時會打電話來找我。

說是閒談，但總是在我剛巧有空的時候。

星期天，他又會相約去逛商場看電影，或找家餐廳吃晚飯。

都是在我沒有節目的日子約我。

「為什麼總是這麼巧？」我笑問他。

「是呢，為什麼呢？」他也總是笑著回我。

沒有肯定答案，只有曖昧不明。

生日那天，他帶我去了一家不錯的餐廳慶祝。

一星期後，他送了一個漂亮的水晶球給我，說是補回生日禮物。

水晶球不便宜，我知道；他的意思，我卻不太清楚。

「開心嗎？」

他只是如此問我。

「開心。」

我只能如此回答。

據說，這是他對待朋友的方式。

他珍惜朋友，所以只要能夠令朋友開心，他就會花心思去做。

即使那天我生病了，他也願意放下工作，來陪我去看醫生。

即使那天我因為他而暗自不高興，他也會特地打電話來，想逗我笑。

「女生經常不開心，其他男生會不敢接近呀。」

他笑著亂說。

「我幾時說過我不開心？」

我卻不敢肯定，他是真的亂說。

可以是真，可以是假，甚至也可以是，真心的亂說包藏著假意的暗示。

　　如果是假意暗示，我反而知道怎麼配合。

　　但很多時候，這些暗示又會沒有了下文。

　　當你認真記下咀嚼細想探索，他的反應可以讓你氣個半死。

　　「你……是想得太認真吧？」

　　然後就是一副茫然表情。

　　「……或者是這樣吧。」

　　後來，我連怎麼笑著給反應，也熟練自如。

　　曾經也想過，是不是要停止這樣子與他交往。

　　不過當有一個人，會這麼關心自己，而且跟自己這麼合拍……

　　而且最主要的問題，他一直待我是朋友。

　　哪有人會拒絕，朋友對自己好。

　　「如果你心有不安，也可以好好回報我這個老友。」

　　他色瞇瞇的說。

　　「放心，我不會為你而賣身的。」

　　說完，我直接給他一記肘擊。

　　只是，會有這樣對待朋友的朋友嗎？

　　我不敢問，其實也不用問。

　　會這樣對我的男生，過去就只有我爸或男朋友；我的大哥反而像是個女生。

　　不過，偶爾，自己還是會忍不住想知道，他的真正答案……

　　「你對朋友這麼好，以前你的女朋友會吃醋嗎？」

「……她們都很大方的。」

依然回答得模稜兩可，但這一次我可以感覺到，他多少有些不自然。

之後的一個星期，他沒有再主動找我。

以前也曾經這樣子，例如我連續兩星期約他出來，又或是每晚都打電話給他……

接著就會有一段時間，他不會再藉故來找我，甚至是，找不到他。

「對不起，之前幾天工作比較忙。」

雖然過後，他還是會繼續來找我。

「我明白，工作要緊。」

雖然之前，我是度過多少個惶惑不安的夜深。

當你想主動，他就會走遠；當你想放棄，他又會接近。

不明白，不明白為什麼他會這樣，不明白這當中的話語與行為，背後到底算是什麼意思。

是喜歡我嗎？可他從來沒有表明，哪怕我想得再多，卻始終不能問。

就連對他說喜歡，其實也沒有資格……

「謝謝你。」

「……為什麼？」

「沒什麼，只是想多謝，有你這樣的一個朋友。」

或許他這句話，是有更深層次的解釋。

或許他只是慶幸，有一個人會如此縱容他的自私而已。

或許如此，或許不然。

或許他是真的感謝，擁有我這麼一位朋友……

　　「那麼，我也多謝你。」

　　「為什麼？」

　　「不告訴你。」

　　「……你只是學我吧？」

　　「學你？哼，你以為你有寶嗎？」

　　大概在這種語焉不詳的話語當中，是永遠都不會知道真相如何。

　　即使想得再多，即使，是有多喜歡他……

　　我可以去做的，就是學著他，說上一些模稜兩可的話，或裝出曖昧不明的反應。

　　雖然漸漸連自己也開始模糊，有多少真心與感情，在這當中被洗刷或埋葬……

　　「不玩了，認真。」

　　「認什麼真呀？」

　　「放聖誕假的時候，要不要一起去旅行？」

　　「……去哪裡？」

　　「你之前不是說過想去日本嗎？我也想去富士山下看雪，不如一起去吧？」

　　「……孤男寡女去旅行？」

　　「孤男寡女為什麼不可以？」

　　他這樣問我，我笑著吐一下舌，不說話。

　　只願之後不會再曖昧不明，就好。

曖昧

|作詞|林 夕　　　|作曲|陳小霞
|原唱|王 菲

眉目裡似哭不似哭
還祈求什麼說不出
陪著你輕呼著煙圈
到唇邊　講不出滿足
你的溫柔怎可以捕捉
越來越近　卻從不接觸

茶沒有喝光早變酸
從來未熱戀已失戀
陪著你天天在兜圈
那纏繞　怎麼可算短
你的衣裳今天我在穿
未留住你　卻仍然溫暖

徘徊在似苦又甜之間
望不穿這曖昧的眼
愛或情借來填一晚
終須都歸還　無謂多貪

猶疑在似即若離之間
望不穿這曖昧的眼
似是濃卻仍然很淡
天早灰藍　想告別
偏未晚

TRACK 02

可惜沒如果

倘若那天
把該說的話好好說　該體諒的不執著
如果那天我　不受情緒挑撥　你會怎麼做
那麼多如果　可能如果我
可惜沒如果　只剩下結果

「你喜歡我嗎？」

「喜歡，當然喜歡。」

「……即使我不能夠跟你在一起？」

「……嗯。」

「謝謝你。」

我沒有說話，就只是牽起她的手。

握緊了她的手。

那天，我和她在一起了。

雖然我跟她，是不能夠真正在一起。

有時我會想，如果可以再重新來過，我會選擇這樣和她開始嗎？

到最後，會不會又只會有同樣的結果？

但可惜沒有如果。

說如果，總是已經太遲。

● ● ●

最初認識思喬的時候，就已經知道，自己是不可能和她在一起的。

因為她本身，已經有一個在一起了好多年的男朋友。

「那其實你和他在一起多少年了？」

偶爾我會這樣問思喬。

「這重要嗎？」

她總是這樣笑著回答我。

「也不是很重要。」我頓了一下，低下頭說：「只是有時會想知道。」

每當我這樣說，她總是會微微搖頭，像是在看著一個不懂事的小朋友一樣。

「傻瓜。」

然後，她會輕輕敲我的頭，在溫柔的微笑當中，將話題帶過。

然後，我還是會在她離開之後，一個人想得太多。

●　　●　　●

我和她，都是在同一間咖啡店裡工作。

她的男朋友，每天晚上都會準時來接她下班。

風雨不改。

我曾經偷偷跟在他們後面。每一次，他們都是有說有笑，氣氛融洽得猶如親人一樣。

猶如，應該廝守終身的情人一樣。

我和她，通常都是等她回到家之後，她傳我短訊，然後我們再約出來，在她的家附近見面。

像偷情。其實也真的是偷情。

「其實，也不一定要每晚都見面。」我看著海說。

「你嫌悶嗎？」她看著我。

「不。」我呼一口氣，說：「我是怕你會冷。」

「那麼我們下次不約在海邊等就好了。」她笑著回答。

「那我們約在什麼地方？」

「唔，我想想……」

她抬起頭認真思考，但是，她有選擇困難症。

過了一會兒，她果然這樣說了：「我想不到啊，很難想！」

我笑著搓揉她的眉心，說：「不如約在你家附近的甜品店吧。」

她搖搖頭，說：「不好。」

「麥當勞？」

「不好。」

「那……STARBUCKS？」

「都不好，我們每天已經在咖啡店工作了。」

我嘆氣，說：「那你想約在哪裡呢？」

「我也不知道呀……」她也嘆氣，一臉為難。

過了好一會兒，我問她：「是怕會碰到他嗎？」

她沒有答話。

我知道，自己說中了。

●　●　●

偶爾假期，我們會約出來見面。

但我們很少會一起放假，畢竟咖啡店的人手本來就不多。

所以每次當老闆很難得地排我和她一起放假，我們都會盡量

抽時間和對方見面約會。

　　只要她的男朋友，沒有約她……

　　「對不起，明天我不能夠陪你。」

　　「不用說對不起，沒關係。」我拿著手機回答，心裡嘆氣。

　　「真的沒關係嗎？」電話裡的她，不知道有著什麼表情。

　　「嗯，我可以自己去逛街呀。」

　　雖然原本我是計劃了，給她一個驚喜，和她去迪士尼。她一直都很想去迪士尼看煙火表演。

　　「那你明天會去什麼地方？」

　　「不知道，也許是尖沙咀吧。」我頓了一下，問她：「啊，你是想來尖沙咀堵我嗎？」

　　「不是。」

　　「……你是怕會在哪裡遇上我嗎？」

　　「……不是啊。」

　　我呼了口氣，最後說：「算了，沒關係。」

　　她沒有回應，沉默在我們之間繼續傳送來回。

　　然後第二天晚上，我在她的臉書裡，看見他們的合照，還有應該是她的爸爸媽媽。

　　一家人。

　　合照的地點，就是迪士尼。

THIS
AIN'T
A
LOVE
SONG

● ● ●

　　有時會不明白，為什麼她會這樣跟我開始。

她是真的喜歡我嗎？

還是因為她知道我對她的感情，她不知道應該如何抉擇，不知道怎麼拒絕，所以才勉強接受我？

我真的不知道。

「還在生氣嗎？」

午餐的時候，她傳來訊息問我。

過了好一會兒，我才讓自己回答：

「沒有」

接著她傳來一個 sorry 的貼圖。

我沒有回應她。

「聖誕節的時候，不如我們去澳門威尼斯人，好嗎？」

她這樣問。

我看看站在廚房裡，看著手機螢幕的她。

一直看著，一直看著。

最後我還是回答她：

「你想去嗎？」

「聖誕節那幾天，咖啡店應該會休息呢，到時我們就可以一起放假了 ^^」

「你確定到時有空嗎？」

發送了這一句後，我有點後悔，因為感覺上，自己就像是在脅迫她一樣。

但是她很快就回應：

「一定有空 ^^」

「那就去吧」

「好啊！」

我放下手機，只見到她在看著我微笑。

那抹笑，就跟第一天見到她的時候一樣。

帶點害羞，也帶著一點，無法言喻的勇氣與決心。

· · ·

「請問你們這裡有徵人嗎？」

那天，她剛踏進咖啡店，就走到我的面前來問我。

那時，我正拿著拖把在拖地……

「這個……你要問問老闆。」我指指站在收銀檯前的老闆。

「噢，對不起。」

她臉上一紅，像一顆蘋果一樣。

之後這顆蘋果，就變成了我的同事。

老闆安排我去教她如何沖調咖啡，最初我心裡有點奇怪，為什麼老闆會請一個新手。

「有多點女生點綴一下，不好嗎？」好色老闆如此簡單結論。

「好，當然好。」

也幸好老闆好色，我才可以有多點機會，和她朝夕相處。

從如何磨咖啡豆開始，一步一步，教她如何手沖一杯咖啡。她學得很用心，還用筆記簿抄下我所講的話，我已經很久沒有看過一個人會如此認真，又或者該說，對我說的話這樣認真。也許其實只是我想得太多。

但在不知不覺間，她學會了我沖咖啡的技巧，當客人點手沖

咖啡時，即使我不在場她也可以應付自如。

然後，在不知不覺間，她成為我每天對話最多的人，比親人還要見面、接觸得多；比起認識的所有朋友交談過更多，也交換了更多更多的笑臉。

當有一個人能夠如此接近你的心。當有一個人每天都可以與你這樣親近。當……你知道這一個人，早已經有另一半……

當，你知道，這一個人原來也喜歡你。

「為什麼那天，你會來我們這間咖啡店應徵？」

「因為……你們有徵人嘛。」

「但店外沒有貼徵人啟事呀。」

「嗯……是嗎，沒有嗎？」

我看著她，她的臉越來越紅。

想起最初見到她時的臉紅。

我忽然明白了一切。

「你喜歡我嗎？」她問我。

「喜歡，當然喜歡。」

「……即使我不能夠跟你在一起？」

「……嗯。」

「謝謝你。」

我沒有說話，就只是牽起她的手。

握緊了她的手。

雖然明知道，她心裡另有喜歡的人。

雖然她的手，是有多麼的冰冷。

　　　　　• 　• 　•

　「對不起呢，我不能陪你過聖誕節。」

　「你病了，就要好好休息嘛，還說什麼對不起。」

　我拿著電話，心裡有一點痛。

　偶爾，應該說每一個月，有一兩天她都會全身乏力，不能上班。

　「做女生也真慘呢，每個月都有生理病。」

　「你知道就好，平時你應該多點體諒我。」聽筒傳來她嘿嘿的冷笑聲。

　「有吃東西嗎？」

　「吃了麵包。」

　「怎麼夠呢？」我嘆氣，看看手錶，又說：「不如我待會買碗粥到你家給你？」

　「不用了不用了。」她的語氣有點焦急。

　「家裡有人嗎？」

　「沒有。」

　「那為什麼不好？你病了，不能夠沒有人照顧呀。」

　她不說話了。

　「我半小時後會到，到時再打電話給你。」我堅決地說。

　「真的不用了……」

　「就這樣。」

　我不等她說完，掛了線，然後跑到附近的粥店，叫了一碗她最喜歡的柴魚花生粥。手機傳來她的短訊，說「不用來，我已經

好很多了」、「真的，不用為我擔心」，但是我選擇不回覆她，只是想那一碗粥快一點煮好，只是想盡快去到她的家，將粥送到她手上。

就只是想見她一面。

就只是想在她的家裡，見她一面。

就只是想在聖誕節的這一天，可以見她一面。

就只是想這一天，可以讓我任性一次，可以不要讓我委屈妥協再多一次……

就只是想證明，我在她的心裡，有著多少份量，我對她重不重要。

她對我，有多認真。

然後，在我這樣亂想之間，我捧著柴魚花生粥，到了她的家樓下。

我拿出手機，打電話給她，說：「我到了，你會開門嗎？」

她沒有出聲。

「喂……你還好嗎？」

她依然沒有出聲。

我抬起頭，往她的家看去，只見到她就站在窗前，低頭看著我。

拿著手機，沒有說話，一直低頭看著我。

只是我看不清楚她的表情。

我不知道，她是在生氣，還是在悲傷。

我只知道，有一個男人的身影走過我面前。

是她的男朋友。

他走到大廈門前，熟練地按動大門密碼，然後進內。

看到這一幕，不知為何，我忍不住苦笑了一下。

從一開始，我就已經輸了，輸了一大段距離。

從一開始，其實已經明知道不可能，是我自己看不開、一直勉強。

「原來，你早已經約了別人。」

我苦笑著說，她沒有說話。

「原來，我怎樣也比不上他。」

然後掛上電話。

不想再看到，她的表情。

不想再面對，自己的可笑卑微。

・　・　・

「你聽我解釋，好嗎？」

累了，不想再聽了。

「你生氣的樣子好可怕……」

就只有我可怕，而你完全沒有錯。

「你不要不說話，好嗎？」

事已至此，還有什麼可以說呢？

「你不想再理我了嗎？」

反正，我們本來不應該有任何交集。

「是的，都是我不好……」

你很好，好到我不應該留住你。

「那我不打擾你了」

你應該要有更好的幸福。

「拜拜」

手機傳來最後的短訊。

我閉上眼，不想再無限重複地看下去。

不想，讓情緒找到了缺口。

真的，其實我與她本來是不應該走在一起的人。

就算曾經多麼親近，就算曾經，我們在彼此的生命線裡，留過重要的痕跡……

我努力閉上眼。

努力地，不要再想她。

不要再想下去。

●　●　●

「子浩，你還要請假到什麼時候啊？」

一接聽，老闆的煩躁、焦急、崩潰，就立即從手機傳送過來。

「多請一天吧，之前不是跟你說過了、你也答應了嗎？」

我回他，想有多點時間去整理心情。

老闆卻說：「但現在不行了，店裡人手嚴重不足啊！」

「為什麼？」我呆了一下。

「思喬今早突然提出辭職，並補了一個月薪金立即離職，我怎樣挽留她也不答應啊！」

我感到自己的心，忽然被挖空了。

「她……已經走了嗎？」

「走了！所以現在就只有我一個人看店，我就快撐不住了。」老闆哭喪地嚷。

「好吧，我現在過去。」我冷靜地說。

「真好！我等你！」

「嗯，我想再問一下。」我吸一口氣，說：「思喬有提出為什麼要辭職嗎？」

「她說她要結婚了。」

結婚……

我靜靜地放下手機，雙手握緊，又深吸了一口氣。

結婚，也好。

她能夠清楚自己心意，也好。

至少，不會再選擇困難了，也好。

她離開了，再不會糾纏，再不會有誤會生氣，也好。

一切都總算有個結果，也好。

又可以變回從前一樣了，也好……

「子浩！得救了！你這麼快就回來！」

「嗯。」

「咦，你只穿這些衣服，不怕冷嗎？今天只有十度啊。」

「嗯。」

「你……沒事吧？」

「嗯。」

「那……你有事就跟我說吧。我先去洗手間，你幫我招呼客人。」

「嗯。」

「你好……」

「嗯。」

「麻煩你，我想要一杯黑糖海鹽咖啡。」

聽到這句話，本來已經麻木的腦袋，忽然被喚了一下。

眼前的，是一個不認識的女性客人。

「是……黑糖海鹽咖啡嗎？」

「是的，麻煩你了。」

「嗯。」

然後，在客人一臉奇怪的目光下，我轉過身，走去料理台。

淚水，終於忍不住落了下來。

●　　●　　●

「你知道嗎，其實在應徵之前，我就已經見過你了。」

「是什麼時候？」我看看她，她躺在我的手臂上，數星星。

「你一直沒有留意我吧，也是，那時你都一直在料理台沖咖啡。」她用手指敲打我的臉。

「那你為什麼反而會留意到我呢？」我苦笑問。

「因為我喝了你沖的咖啡啊。」

「就這樣？」

「就這樣，那杯咖啡啊，讓我有一點戀愛的感覺。」

「這不是愛情小說的題材嗎？」我失笑。

「是真的啊，那杯咖啡，有點甜，有點鹹，有點苦，一切都

那麼配合，那時我就忍不住想，是誰可以沖調到這種味道。」

「……真的有這樣的咖啡嗎？」

「是你自己沖調的，你竟然不記得。」她一臉不相信。

「每天都要沖太多咖啡了，客人點什麼我就沖什麼，我怎記得太多。」

「原來你不是專業的咖啡師呢……」她搖頭嘆氣。

「……那時候你點的是什麼咖啡？」

「哼，不告訴你。」

「……為什麼啊？」

「等你想起之後，我才告訴你。」她向我做鬼臉。

「如果我都想起來了，為什麼還要問你呢？」我苦笑說。

但是她沒有再說話，就只是繼續數星星，一顆又一顆，數到了天光。

●　●　●

思喬離開以後，我們就沒有再聯絡。

她的臉書也沒有更新，之後更封鎖了我，我再看不到任何關於她的事情。

也好，至少不會再因為追蹤她的更新，而浪費了太多時間……

雖然，浪費與不浪費，對如今的我來說，也沒有太多意義。

然後，半年後的某一天，我忽然接到一通電話。

她男朋友打來的電話。

「思喬……她昨天去世了。」

後來我才知道，他不是她的男朋友，而是她的親哥哥思源。

他每晚都會來接她下班，是因為家人都擔心她的病情。他們原本不讓她去打工，但是思喬堅持說工作對病情有幫助，至少她會開心一點。其實醫生本來一年前已經確診，她剩餘的日子已經不多，大概只有半年時間……

其實，原本依照思喬的意願，什麼都不要告訴我，就讓我永遠都以為，她已經另外嫁了別人，已經不再記得我。

但是他們發現，思喬在醫院度過最後的日子時，原來寫了一本日記，裡面提到我。

他對我說，我應該看看這一本日記，應該要知道，思喬曾經有過的認真……

六月二十八日　晴

這天的天氣真的很好，

好得讓人好想走到戶外，好想跑到你的面前，

說一句，我很喜歡你，很想你。

不知道你這天在做著什麼？

不知道你是不是還會記得，

曾經有過一個這樣的愚笨女子……

其實，我不應該認識你，

不應該走進咖啡店，

不應該和你更加接近，

不應該讓你認真，

不應該欺騙你，更不應該讓你難受……

其實是我太任性幼稚，

自以為，只要對你不夠投入，

我們最後就可以更灑脫地放手，

自以為，只要由得你繼續誤解下去，

就是對我們最好的結局……

其實，如果我不去認識你，

就不會讓你傷心、難受，

就不會得到這一種結果；

其實……

如果我最初就對你說清楚真相，

也許，我們還是好朋友，

一對不會太深入認識對方、

也不會讓你有太多難受的朋友……

如果，我不曾遇到你，

就不會有過那些夜晚；

如果，我沒有這一個病，

我可以好好地喜歡你，和你一起，

直到白頭嗎？

可惜沒如果……

只望這天，

你依然會過得很好很好，

可以自由自在地做你喜歡的事情，

見想見的人，去想去的地方。

希望你可以長命百歲，

可以找到一個你喜歡的、

也會愛惜你、懂你的人，

希望你和她可以幸福美滿。

希望，你不會太記得我，

不會太過責怪，

我曾經在你生命裡留下不好的回憶。

對不起，對不起，

雖然我不可以再親口道歉，

不可以再要求得到你的原諒。

對不起，對不起……

謝謝你曾經陪我一起數過星星，

和我一起交換了很多笑臉、

一起經歷了那些永遠難忘的風光。

謝謝你的認真，你對我的體諒，

謝謝你喜歡我。

謝謝你的黑糖海鹽咖啡。

如果可以再嚐到那時候的味道，

如果可以再回到那一天，多好。

可惜沒如果。

但幸好，我遇見了你。

幸好。

・　・　・

「你說人死了之後，會變成天上的星星嗎？」

「不知道呢，可能吧。」

「那如果我變成了星星，你會來尋找我嗎？」

「……怎樣尋找？到時會有標記嗎？」

「……你都不浪漫。」

「人死了之後，會變成星星才算吧。」

「那……如果你看見星星，你會不會想起我？」

「哪有這麼多如果啊？」

「就讓我如果一次，可以嗎？」

那一夜，她的眼神是有多麼認真。

臉上那一抹紅、那一點悲傷，直到現在都會讓我心疼。

「我會想起你。」

我摟著她，緊緊地。

「真的嗎？」

「真的。」

然後，我陪著她，繼續在漆黑中尋找，下一點星光。

如果可以回到當時，如果可以重來一次。

多好。

THIS
AIN'T
A
LOVE
SONG

可惜沒如果

| 作詞 | 林　夕　　　　 | 作曲 | 林俊傑

| 原唱 | 林俊傑

假如把犯得起的錯　　能錯的都錯過
應該還來得及去悔過

假如沒把一切說破
那一場小風波　將一笑帶過

在感情面前　　講什麼自我
要得過且過　才好過

全都怪我
不該沉默時沉默　該勇敢時軟弱
如果不是我　誤會自己灑脫　讓我們難過
可當初的你　和現在的我　假如重來過

倘若那天
把該說的話好好說　該體諒的不執著
如果那天我　不受情緒挑撥　你會怎麼做
那麼多如果　可能如果我
可惜沒如果　只剩下結果

如果早點了解　那率性的你
或者晚一點　遇上成熟的我

不過　全都怪我
不該沉默時沉默　該勇敢時軟弱
如果不是我　誤會自己灑脫　讓我們難過
可當初的你　和現在的我　假如重來過

倘若那天
把該說的話好好說　該體諒的不執著
如果那天我　不受情緒挑撥　你會怎麼做
那麼多如果　可能如果我
可惜沒如果　沒有你和我

全都怪我
不該沉默時沉默　該勇敢時軟弱
如果不是我　誤會自己灑脫　讓我們難過
可當初的你　和現在的我　假如重來過

倘若那天
把該說的話好好說　該體諒的不執著
如果那天我　不受情緒挑撥　你會怎麼做
那麼多如果　可能如果我
可惜沒如果　只剩下結果

可惜沒如果

親愛的，你是歷史劇迷，你聽過歷史沒有如果這話嗎？

記得有天閒聊，你說，晚清如果不是慈禧太后掌政，又或者慈禧英明如清初孝莊太皇太后，光緒改革就大有作為了。我說，哪來那麼多如果，如果慈禧不是慈禧，根本就輪不到光緒當皇帝，一個朝代敗壞已久，縱使康熙再世，清朝也不過苟延殘存多幾年，沒有如果，只有結果。

當時你不服氣，說我沒想像力、沒情趣、沒耐性聽你講話。我回了一句：你婦道人家懂什麼？清朝必亡，沒有慈禧，還有千千萬萬個你啊，葉赫那拉氏。

這一下正中死穴，才講完，就後悔了。如果我在無須執著時隨便笑笑，該沉默時沉默，你就不會義和團上身了。

於是，我們又吵了一架，又必然地冷戰了一場。如果再互不相讓，這個家就要鬧革命了。

可我又想，一起那麼久，這段歷史，也是沒有如果的，動不動就鬧僵，我們一定都有錯。你一直如慈禧霸道，我自覺委曲求全如光緒，處處以你懿旨為真理，所以才會衝口而出：你這婦道

人家。

　　如果我不把自己當皇帝，如果當時我索性做李蓮英賣口乖：
婦道人家實在無須懂什麼，有奴才伺候得妥妥貼貼享清福就好。
慈禧有什麼不好？據老外憶述，太后保養甚好，慈禧是美魔女的
始祖……

　　可惜沒如果，我不是任何人，我就是我，是顏色不一樣的煙
火，是最堅強的泡沫。

　　某年你生日，我如常送你禮物，你真把自己當慈禧擺大壽，
當場黑臉，說我年年都只有電影碟片當賀禮，都是我自己喜歡看
的，買來給自己爽的，一點都不貼心，不忠心。

　　如果我當時能放下身段，喊一句冤枉啊，太后你還是太年輕
了，那些老經典電影都沒看過，我想和你一起重溫，咱們好多個
茶餘飯後的共同話題啊。可惜我該軟時硬，要硬要正視問題時，
又軟軟的不計較，懶得跟你一般見識。

　　如果我心底裡沒有半點瞧不起你這慈禧，理解太后深宮之寂
寞處，持家之不易為——可惜，當我們常常問如果當初怎樣怎樣，
那現在必然出了許多問題，而且為時晚矣。

　　真的太遲了嗎？

可惜沒如果，如果我沒那麼喜歡你，就連懿旨都懶得抗拒，拂袖離宮就是。

可是，也好在沒如果，我不能假設如果能夠不愛你，一入宮門深似海啊。我記得慈禧說過：「誰讓我一刻不痛快，我要讓他一生不得安生。」如此霸氣側漏，我好怕又好欽敬啊，太后。

如果我能像李蓮英彎下半身，一路上不前不後，剛好離你點五步，又會替你梳頭弄鬢——如果你老人家說，你這太監奴才，能有什麼作為？

太后容稟，不瞞你說，按野史實錄，李蓮英中年才淨身，淨得不夠乾淨，所謂春風吹又生，我們還有如果，也會開花結果的。

小李子臨表涕零，不知所云，請太后見諒。

TRACK 03

七友

誰人曾介意我也不好受
為我出頭　碰過我的手
重生者走得的都走　誰人又為天使憂愁
甜言蜜語沒有　但卻有我這個好友

「睡了嗎？」

凌晨兩點十分，手機收到了這個訊息。

發送人，梁珮茹。

珮茹……她是我的一個普通朋友，就照字面解釋，沒有其他。

而我……其實我也不太清楚；也許我是她的朋友吧，也許。

說起來，一對普通朋友，通常不會特別向人強調，對方是自己的「普通朋友」。

除非，這兩個人之間的關係，其實並不普通。

除非，其實這兩個人的關係，連普通朋友也不如。

•   •   •

「睡不著嗎？」

我打電話給珮茹，問道。

「嗯，你呢？」

她反問我，我回答：「還沒睡。」

以前，最初，當我這樣回答的時候，曾經期待過她會不會追問我，為什麼還沒睡？是不是跟她也一樣睡不著？是不是其實我已經睡了，就只是裝作沒睡、特地起床陪她講電話……然後，她就會發現，她原來在另一個人心目中，是有多麼特別、有多重要。

但她一次也沒有這樣問過，彷彿，我向來都是這麼晚睡的人，彷彿，我就一定會陪她在凌晨講電話……雖然確實，我每次都沒有拒絕，就只是靜靜的陪她講電話，做我的傾聽者角色。

是的，我是一個傾聽者。

「今天，他又不理我了。」

她口中的「他」，是那個已經沒在一起的男朋友 Chris。他們在同一間公司工作，只是大家不同部門，只是他已經有老婆，如此而已。

「他怎樣不理你呢？」我問她，輕吸一口氣。

「我傳短訊問他，今天晚上要不要一起吃飯……今天是我們在一起的兩周年紀念日，前兩天我有跟他提過的，他當時也說好啊、要慶祝……但是我晚上傳短訊給他，他就只是已讀不回、沒有回覆。我一直等他，等到現在，他都沒有回覆。」

已經凌晨了，為什麼還等下去？已經分開了，為什麼還要慶祝？

「可能他在忙？」

「你覺得他真的忙嗎？」

「今天是星期三吧，客服部總是比較多客人來電，會忙也是正常的事。」我說著自己也不相信的話。

她卻這樣說：「但他今天輪休……」

我無語了。

「就是因為今天，我們才各自申請了假期。」她繼續說。

「那他會不會……遇到了什麼意料之外的事情？」我一邊問，一邊打開床邊的電腦，瀏覽 Chris 的臉書。

她猶豫了一下，說：「我不知道。」

我仔細看他的臉書，晚上 6:28 分，還顯示著他在銅鑼灣時代廣場的打卡自拍。我想，她應該早就已經看到了。

「那他可能是真的有事在忙？」我又再重複這個假設，補充：

「他只是碰巧沒有空來陪你，而不是不想陪你；退後一步想，他只是在忙，而不是出了意外，這比什麼都要好了。」

「嗯，也是啦⋯⋯」她頓了一下，又問：「那我現在應該找他嗎？」

「明天上班見到他時再找他吧，現在都晚了，你也要休息嘛。」已經兩點四十二分。

她呼了一口氣，說：「好吧，那我現在就去睡。晚安。」

「晚安。」

然後她就掛上電話了。

認識珮茹已經兩年。當時我剛剛畢業，在一間電訊公司做客戶服務的工作，我和她是同一 team 的同事；而她的男朋友 Chris，卻是另一 team 的主管。

然後，不知道從哪一天開始，他們兩人認識了，並變成情侶。但問題是，Chris 本身已婚多年，聽熟悉他的同事說，他似乎也沒有離婚的意思。

珮茹不是不知道不應該再這樣下去，公司的同事也有不少閒言閒語，但她還是不能自拔地沉溺其中。這兩年來，他們分分合合了好多次，直到我離開了那間公司，他們還是一直藕斷絲連。

偶爾，她都會在夜深找我傾訴、說說他們的最新狀況。也許是因為，我是其中一位比較清楚他們事情的朋友；又也許，她是找不到其他朋友傾訴⋯⋯

「每次跟朋友說起 Chris，她們都會很生氣地罵我。」

「為什麼？」

「她們說，為了這樣的人渣，不值得。」

「她們沒有說錯呀，是真的不值得。」

「那為什麼你不會罵我？」

「因為……就算罵了，你也是不會聽的吧。」

「哈哈，你真的很懂我。」

是的，就算跟珮茹說多少遍、Chris 已經有老婆有情婦有愛滋還負債累累甚至已經破產，她還是會堅決跟他在一起，甚至變成他真正的另一半；即使明明知道，這是幾乎不可能達成的夢想，即使連其他朋友，也不會支持這樣的自己。

或許，越是不值得、不可能做到的事情，當自己竟然可以將結果扭轉甚至完成，就會帶來更多挑戰性、更有滿足感？

還是這只不過是一廂情願的憧憬，又或許，就不過是不甘心而已。

最初珮茹是不知道，Chris 原來另外有老婆，就只是將他當成一個單身男人，和他去約會、看電影、爬山、出遊；直到她相信自己已經遇到一個可以託付終身的對象時，她才發現他已有家室。她不能接受，可是她也已經回不了頭……這是她的說法。

說真的，Chris 已婚這個事實，並不是什麼秘密，很多同事都知道。而 Chris 喜歡在公司裡拈花惹草，就算到職不久的新人都會聽過這個傳聞，大概就只有他公司外的老婆不知道而已。

因此，與其說她是毫不知情，不如說她是裝作不知道；與其說不能回頭，不如說她其實就早已決定不顧一切、往絕處前進。

只是她不會對人承認，漸漸，也欺騙了自己而已。

●　　●　　●

一星期後的凌晨，又收到珮茹的短訊。我打電話給她，她說：「我們分手了。」

　　「嗯，發生了什麼事？」

　　「沒什麼事發生，他就只是沒再找我，我問他原因，他一直都不肯回答。」

　　「上次他沒回覆你，是因為他在忙嗎？」

　　「上次？」她反問。

　　我輕輕呼了口氣，說：「上次你們兩周年紀念日，你們原本說好要一起吃飯慶祝，但他就只是一直已讀不回你的短訊……」

　　「啊，那一次……第二天我問他為什麼不回我短訊，他說公司有急事 call 他回去開會，一直開到晚上，所以就沒有回覆了。」

　　「哦。」我心裡這樣應了一聲，問她：「那之後他為什麼又不找你呢？」

　　「他說，我們不可以再這樣下去……」

　　其實早就應該認清這個事實。我對她說：「難得他會這麼清醒？」

　　珮茹卻冷冷地回道：「但我覺得他只是玩膩了我吧。」

　　「為什麼會這樣覺得？」

　　「最近公司來了一些新的女同事，滿年輕的……他要負責帶新人，經常和那些女同事出雙入對……」

　　「你覺得，他轉移了新目標？」

　　「應該是這樣吧，要不，他又怎會這麼狠心丟下我？」

　　我嘆了一口氣，對她說：「其實——」

　　「其實，」她打斷我，說：「是我已經沒有吸引力了吧？」

「當然不是！」

「我又有什麼吸引力呢？」她苦笑一下，逕自說下去：「又老，又不善解人意，又比不上別人漂亮，又蠢，還嫉妒心重……」

「如果你二十五歲也叫老，那我二十七歲也是很老了。」我開解她。

「男人與女人的青春是不同算法的。」她又苦笑，嘆氣說：「我已經過了最黃金的時期了，又怎比得上別人。」

「就算比不比得上都好，你本來也有你自己的優點呀。」

「例如呢？」

「你有一頭漂亮的長髮，就已經讓不少女生羨慕了，還有你笑起來的時候，酒渦其實很動人，只是你自己沒有發現而已。」

「還有呢？」

「還有，你對人很好，總是很溫柔地待人，這一點，就已經比很多人好得多了。」

「但就算這樣，他還是不喜歡我……」

我沉默了，因為手機裡傳出了她的啜泣聲。

過了一會，我溫言對她說：「就算他不喜歡你，還是會有很多人喜歡你的。」

「我放不下。」

「放不下，就放不下，沒有人說一定要放下的。」

「但為了一個不再愛我的人而放不下，值得嗎？」

「沒什麼值得或不值得的，就只是看自己開不開心，他不愛你，不等於你就一定要讓自己不開心，你何必要把自己困在『你

的快樂就只有他』的這種思維裡。」

「就算他不想我留在他身邊？」只是她寧願陷在那種思維之中。

「就算不可以在一起，你還是可以讓自己活得開心的。」我心裡苦笑，繼續說：「例如，多做一些自己想做的、喜歡做的事，可以偶爾想想他，但不要沉溺，就將他當成是一個很久不見的好朋友，好朋友就算很久不見面，但感情還是可以歷久彌新的，不是嗎？如果用這種心情來看待這一個人，來愛惜自己多一點，這樣就會漸漸變得開心一點了。」

過了一會，她問：「你以前曾經這樣嗎？」

「誰沒有失戀過呢？」我笑了一下。

「那時候，你是怎麼走出來的？」

「就用剛才說的方法。」

「後來……成功了嗎？」

「也算成功。」我吸了一口氣，笑著繼續說：「因為我喜歡了另一個人。」

「啊，原來如此……」

「所以，不要讓現在的自己太難過了，也許將來你會遇到一個真正喜歡你的人呢。」

「謝謝你。」她默然了一下，說：「很晚了，不聊了，晚安。」

「嗯，晚安。」

●　　●　　●

最初知道珮茹已經和 Chris 走在一起，是在她生日的那一天，無意中發現的。

我們 team 有一個不成文的傳統，每一個月都會為同事慶生。通常是中午一起去吃飯慶祝，偶爾也會在下班之後去吃飯喝酒，千篇一律。那年七月就只有珮茹生日，她最初說，不要花錢慶祝了、就只是簡單地吃個午餐就好，但我們的主管卻說不可以太隨便、一定要盛大的辦一場聚會，而且越多人越好，讓大家好好玩鬧一番；後來我才知道，我們的主管原來也偷偷地暗戀珮茹。

珮茹生日的事，主管交辦我負責，找場地、約什麼人、訂蛋糕、買禮物，都是由我去負責。我也沒太多意見，因為珮茹是我的好朋友。場地我們定在銅鑼灣的 CEO，主要節目是唱通宵KTV。我問珮茹，有什麼人想約或不想約，她說：「都是我們熟的人就好了，平時只有點頭之交的就不要約吧，免得到時大家都悶。」

於是那段時間，我就一直在忙約人與準備聚會的事情，對珮茹的事情也沒有太多注意，直到她生日的那一天，我在 KTV 裡看到 Chris 出現，並坐在珮茹的旁邊。當時我心裡想，記得自己明明沒有約他出席，還在猜想是誰請他來的，只是之後有太多事情要處理，我也沒再太過深究。到了凌晨零點，大夥為珮茹唱了生日歌、切了生日蛋糕、送禮物、一起合照留念，我趁著終於可以放鬆的空檔上洗手間，然後，在回包廂的路上，看到珮茹與 Chris 的背影，兩人手牽著手，離開了 KTV。

之後，他們兩人就沒有再回來。

後來我是從別的同事口中知道，他們兩人是在一起了。確實

的日子並不清楚，大概是珮茹生日前的那幾天。

之後的日子，我跟珮茹開始莫名地疏遠。以前午餐時段，我們都會一起外出用餐，但從那天開始，她都會去找 Chris 吃飯，下班之後也是一樣；以前偶爾我們會傳傳短訊、聊聊電話，但他們在一起後，這些事情幾乎都變成絕響。直到三個月後，我找到了新的工作、向公司遞交了辭職信，手機才又再收到珮茹的來電。

「有空嗎？」

「嗯，有事嗎？」

「沒什麼……只是突然想起，很久沒有跟你講電話。」

「講什麼電話，平時在公司還見不夠嗎？」我笑道。

「但總覺得，我們不像以前那樣無所不談了。」她嘆氣。

「大家各有各忙嘛。」那時候，我剛巧在看著電腦螢幕裡，她的臉書頁面。

「……什麼時候離職？」

「下個月三號。」

「還有一星期。」

「是的。」

「嗯……之後我還可以打電話給你嗎？」

「可以呀。」

之後，每當她與 Chris 的關係出現問題、感到不開心，她就會來找我傾訴。

最初我會想，我都已經離開了這間公司，為什麼還要跟我說這間公司的事情。

是因為我真的很了解他們之間的故事嗎？那些故事，其實都

只是透過她自己的口來告訴我。

是因為我已經變成外人，可以客觀一點來看他們的事情嗎？但再怎麼客觀，我都還是會站在她那一邊的朋友。

是因為我已經離開了公司，她不怕我會將他們的事情，流傳給公司裡的人知道嗎？或許，是有這個可能。

還是因為，她覺得我是一個善於聆聽、分析感情問題及懂得安撫別人的人，所以她才會在不開心的時候就來找我；我的角色，其實就是她的樹洞？

「每次跟你聊完，我都會覺得舒服一點。」

「真的嗎？你這樣說，我也覺得很安慰呢。」

但其實，我沒談過多少戀愛，不懂得分析或拆解，男女之間相處上的問題與矛盾。

更別說我會知道，喜歡一個已經有家室的人其實會有著怎樣的心情。

「我覺得，你真的很了解我。」

「其實應該是我感謝你。」

「為什麼？」

「因為你願意和我分享你的煩惱啊。」

其實我不善解人意，直到現在，也不完全明白她的想法、甚至她這個人。我唯一的優點，就是會默默的傾聽、不會反對她及拒絕她，可以讓她在沒有壓力的氣氛下，盡情去講出自己的感受。

「你總是願意花時間為我的事情操心，替我打氣，一直支持我。」

「因為我們是好朋友嘛。」

有時我會想，如果我不再聽她的傾訴，不再支持她，她還會繼續找我嗎？

　　大概，她不會再來找我，甚至會忘掉我。

　　「謝謝你呢。」

　　「不要客氣。」

　　如果有天，我反過來，希望她聽聽我的煩惱，希望她了解我這個人多一點點呢？

　　大概，她也會感到沒趣，最後，還是會變成去說她和 Chris 的事情。

　　「嗯，我要睡了，明天還要上班。」

　　「嗯，晚安。」

　　「晚安。對了，我會聽你的話，不要再與 Chris 往來。」

　　「嗯，加油。」

　　每次通電話，話題總是圍繞她與 Chris 之間的故事，而我的近況、工作、生活，她是完全沒有問過半句。

　　這一年來我們有過的接觸，也只是短訊、通電話、短訊、通電話；我和她已經很久沒見了，猶如一對很久不見的好朋友⋯⋯

　　至少，還是一個可以分享她心事的好朋友。

　　一個當她不開心的時候，就會被想起的好朋友。

　　至少是這樣。

　　還可以怎樣。

●　　●　　●

「睡了嗎？」

「還沒。」我揉揉眼睛，看看鬧鐘，凌晨四點。我拿著手機，問她：「有什麼事嗎？」

「告訴你一個好消息。」

「嗯？」

「Chris 答應我，會跟他的太太離婚了！」

「真的嗎？」我平靜地問。

「嗯，他自己主動找我，告訴我的。」

也就是說，她又再和他見面了；上星期，她才說過以後不會再見他……

「也不錯啊，那這次他會認真跟你在一起嗎？」

「會啊，我相信他會的。」她頓了一下，又笑說：「我們還約好，下個月一起去東京旅行呢。」

「嗯，真好呢，我也想去東京玩玩。」

「要我買伴手禮給你嗎？」她笑著問。

「你買一個晴空塔回來給我就行了。」

「好啊，我買給你。」

「嗯……」

「對了。」

「嗯？」

「謝謝你一直為我打氣呢。」

「你別三八了。」我用手揉揉眼睛。「我和你之間並不是只有『謝謝』呀。」

「是的，但真的，只有你會聽我的心事。」

「你的朋友其實都一直支持你的。」

「嗯，我知道。」

我吸口氣，說：「很晚了，下次再聊吧，我要上床了。」

她回道：「好的，我也要睡了。」

「晚安。」

「晚安。」

我揉揉眼睛，放下手機，坐在床上。

心裡有一種預感，之後又會再變回之前一樣。

她不會再來找我，也不會再理會我的一切。

因為她已經得到她最想要的人。

而她的身邊，也再沒有讓我可以陪她走下去的位置。

好朋友嘛，我對自己說。

好朋友，又怎會經常陪在對方身邊。

好朋友，就只需要在對方有事的時候，義無反顧地挺身支持。

其他的時候，只要大家都仍然安好，就已經足夠了。

好朋友……

我躺在床上，揉揉眼睛。

淚水，還是從眼角之中，無聲地滑落下來。

●　　●　　●

「對了，最近看你很少和 Alex 往來呢？」

那天，在公司的茶水間外，忽然聽到有人提到我的名字。

是 Chris 的聲音。

「為什麼這樣問？你在意他嗎？」

而另一道聲音，是珮茹。

「不，只是以前看你們出雙入對，最初還以為你們是一對
……」

「他就只是我的普通朋友，我們之間沒有什麼。」

聽到她這樣說，我忽然明白，在她生日之後的日子裡，自己
是為了什麼而不開心。

我就只是她的普通朋友，沒有發生過什麼，沒有其他……

就連她喜歡了一個人，也不會被告知的普通朋友。

「是這樣嗎，但感覺他好像喜歡你呢。」Chris 這樣笑說。

「你是吃醋吧，哈哈哈。」過了一會，她說：「你不要生氣了，
我以後就盡量不與他說話……」

然後，他們離開了茶水間，談話聲漸漸遠去。

而我，卻繼續躲在後樓梯裡。

努力叫自己淡然一點、看開一點、不要怪她、其實本來什麼
都沒有、就只是朋友、只是朋友……

只是最後，都好像不太成功。

但我還是只能回去自己的辦公桌上，繼續努力工作。

還是只能夠裝出笑臉，繼續做她的普通朋友；繼續承受，她
對我冷言冷語的那些日子。

●　　●　　●

後來，珮茹沒再找我。

從她與 Chris 的臉書裡看到，他們兩人是真的一起去了東京。晴空塔、澀谷、吉祥寺、新宿御苑，都有他們留下的合照。

但她沒有帶伴手禮回來給我。

半年後，聽以前的同事說，Chris 真的離婚了，而且還展開了新戀情。

但新戀情的對象，是公司新來的女同事；過了不久，珮茹選擇辭職。

她還是沒有來找我。

又過了一年，她在臉書宣佈了婚訊，對象是一個我不認識的人。

但看他們的合照，那個人卻有一點 Chris 的影子。

我在她的臉書裡留言，說了一聲恭喜。

她有按讚我的留言，但是沒有回答什麼。

最後，還是沒有來找我。

她新婚當晚，我一個人去到她舉行婚宴的酒店門外。

我沒有進場，因為她沒有發喜帖給我。我戴著帽子，在一對新人上台致詞時，悄悄走到空無一人的接待處，遙遙看著台上一臉幸福豔麗的她，聽她的新婚感言。

「我很感謝在我的生命裡，可以遇到他，讓我知道在這世界上，原來還有一個人，願意不計較我是一個怎樣的人，無條件地愛我、支持我，讓我成為一個更好的人，我真的很感恩。我也要多謝我的爸爸媽媽多年來的照顧，這份恩情我一世都不會忘記。最後要感謝 Mabel 與 Carmen，這些年來，她們總是在我最失意的時候為我打氣、支持我，我很開心可以擁有這兩位好姊妹、好朋

友，謝謝你們！」

　　好朋友，好朋友……

　　好朋友就算很久不見面，但感情還是可以歷久彌新的，不是嗎？

　　也許某天，當她感到失意時，我又會再次收到她的訊息？

　　又也許，在那天來到之前，我會終於學會死心，去重新喜歡另一個更值得的人……

　　是這樣吧？

　　我呼口氣，將帽子拉得更低，悄悄離開這個不屬於我的地方。

　　再見了，好朋友。

　　以後都，不要再見。

(▶)

七友

| 作詞 | 林　夕　　| 作曲 | 雷頌德
| 原唱 | 梁漢文

為了她　又再勉強去談天論愛
又再振作去慰解他人
如難復合便盡早放開　凡事看開

又再講　沒有情人時還可自愛
忘掉或是為自己感慨
笑住說沉淪那些苦海　會有害

因為我堅強到
利用自己的痛心　轉換成愛心
抵我對她操心　已記不起我也有權利愛人

誰人曾照顧過我的感受
待我溫柔　吻過我傷口
能得到的安慰是失戀者得救後
肯感激忠誠的狗

誰人曾介意我也不好受
為我出頭　碰過我的手
重生者走得的都走　誰人又為天使憂愁
甜言蜜語沒有　但卻有我這個好友

直到她　又再告訴我重新被愛
又再看透了我的將來
完成任務後大可喝采　無謂搭檔

別怪她　就怪我永遠難得被愛
然後自虐地讚她可愛
往日最徬徨那刻好彩　有我在

因為我堅強到
利用自己的痛心　轉換成愛心
抵我對她操心　已記不起我也有權利愛人

誰人曾照顧過我的感受
待我溫柔　吻過我傷口
能得到的安慰是失戀者得救後
肯感激忠誠的狗

誰人曾介意我也不好受
為我出頭　碰過我的手
重生者走得的都走　誰人又為天使憂愁
甜言蜜語沒有　但卻有我這個好友

白雪公主不多
認命扮矮人的有太多個　早有六個
多我這個不多　我太好心還是太傻

未問過她有沒有理我的感受
待我溫柔　吻過我傷口
能得到的安慰是失戀者得救後
肯感激忠誠的狗

誰人曾介意我也不好受
為我出頭　碰過我的手
重生者走得的都走　誰人又為天使憂愁
甜言蜜語沒有　但卻有我這個好友

明知故犯

誰也知夜夜與她那內情　可惜我瞎了眼睛
真相那需說明　而我卻哼不出半聲
誰也知夜夜與她那內情　甘心去做你佈景
得到你的愛情　還要再得到你任性

「你又沒打算跟他表白，他又不知道你喜歡他，你這樣跟他繼續約會，又是為了什麼呢？」

晚上，Maisy 與芷瑜兩姊妹聚餐時，芷瑜忽然這樣說。

「好端端的……為什麼你又提起他？」

Maisy 咳嗽了一下，拿起水杯掩飾臉上的尷尬。他，是指她們的朋友 Stephen。

「我昨晚看見你臉書又貼了和他上街的照片嘛。」芷瑜嘆了一口氣，又問：「還是只有吃飯、逛街，沒有其他了嗎？」

Maisy 輕輕皺眉，嚷：「就只是朋友，還可以怎樣呢？」

「朋友，朋友會好心到對方生日，你特地去做一個生日蛋糕給對方慶祝？」芷瑜邊說邊笑。

「你生日時我也有為你做生日蛋糕啊……」

「老朋友，我不是在吃醋。」芷瑜嘆口氣，看著她問：「你認識 Stephen 這半年裡，大家都經常聽你提起關於他的事情，你對他有多喜歡，我們又怎會不明白。」

Maisy 低著頭不說話。

「可是就只有我們明白，又有什麼用呢？他又不是有女朋友，為什麼你不試著去告白？」

「告白了，真的好嗎？」Maisy 苦笑。

芷瑜呼一口氣，反問：「那麼，每一兩星期見面一次，吃飯看電影逛一晚街，之後就再沒有其他，這樣的關係，你又真的滿足嗎？」

「總好過，以後都不能再見面呀。」

「為什麼你會變得如此沒有自信呢？」輪到芷瑜苦笑了。

「或者是因為我太過習慣失望吧。」Maisy 淡淡笑了一下。

「你以前不是這樣的嘛。」

「以前，其實我都沒有怎麼試過去追男生。」

「因為都是別人先喜歡你嗎？」

芷瑜笑問，Maisy 做了一個鬼臉當作回答。

「那麼，凡事都總有第一次，你有試過去追嗎？」

Maisy 嘆氣，苦笑說：「其實我也有試過跟他暗示，不過，不知道是他遲鈍、沒有會意，還是他裝作不知，他從沒有一次給過正面的回應。有時他會經常找我，短訊回得很快，但有時又會失蹤不見人，這樣的若即若離，我都不知道他到底是不是認真。」

「你一個人如此猜下去也不是辦法。」

「其實我都沒有再猜，」Maisy 讓自己微微笑了一下，說下去：「我已經認定他沒有喜歡我。」

芷瑜卻替她感到不值：「但也不等於你沒有機會嘛，至少他還是會和你上街約會。」

「不知道聽誰說過，有約會，不等於就是有機會呢。」

芷瑜愣了半晌，才說：「那如果你認定沒有機會，你卻繼續和 Stephen 這樣下去，希望用一刻的快樂甜蜜，來沖淡一直的忽視，但到有一天他有新的對象、沒時間再理會你時，到時你還是會讓自己受傷的。」

Maisy 不說話，看著自己手中的水杯出神，過了好一會才說：「至少我還留有尊嚴。」

「這樣真的好嗎？」

「我很清楚自己在做什麼。」

「值得嗎？」

「我覺得值得就行了。」

聽見 Maisy 這樣說，再看見她臉上淡然的笑容，芷瑜只好不再說下去，和她談論近來發生的趣事。

· · ·

夜深，Maisy 收到了 Ronald 的短訊。

「明天晚上有時間嗎，不如一起吃飯吧 :)」

她看著短訊，不知道應該如何回覆。

Ronald 喜歡她，她很早便已經知道。一直以來，她對 Ronald 都採取保持距離的態度，即使有多少次，看到他訊息裡的溫柔、感受到他平時對自己的呵護備至，Maisy 也只是裝作不聞不覺、表現得毫不在意。只是她有她的後退，他有他的不死心；終於在去年中的時候，他在電話裡，向她表達了一直埋藏的感情。

「對不起……我有其他喜歡的人。」那時候，Maisy 只能這樣回答。

「不要緊，我早已知道了。」他卻爽朗地笑著回答。

她以為，一切應該都會在那通電話後，正式完結。

只是之後，Ronald 依然沒有死心，繼續傳她短訊笑話、約她見面聚餐。Maisy 只好選擇已讀不回。Ronald 也沒有一點勉強她的意思，更不會說一句洩氣話讓她心煩，在她生日或聖誕節時，還會傳她祝福的短訊；有時她因為 Stephen 的事，而在臉書透露失意，他也會在短訊裡說會支持她、叫她加油。日復一日，月復一月，

他始終沒有放棄，卻讓她開始感到迷惑……

「為什麼」

Maisy 在手機裡鍵入這三個字，按下傳送。

「什麼事？」

幾秒鐘後，他立即回了這個訊息。

她吸口氣，繼續鍵道：

「為什麼你沒有放棄」

雖然沒有明言，但 Ronald 像是明白她的意思。這一次他沒有立即回覆，過了好一會，才這樣回答：

「因為我不想後悔」

「值得嗎？」

她問。

「我很清楚自己在做什麼 :)」

「即使其實並不值得，還是要明知故犯？」

「我覺得值得 :)」

看見他這一句話，想起自己也曾如此說過，她忍不住苦笑。

她打開臉書，看見 Stephen 又上傳了一張，與別的異性朋友的親密合照。

自己，還是從來未可跟他如此靠近過。

是清楚自己的目標，還是明知故犯；是不想後悔，還是不甘心。

有時只差一線，有些人卻會選擇讓自己分不清楚。

明知故犯

| 作詞 | 林 夕　　　 | 作曲 | 陳佳明
| 原唱 | 許美靜

為何要落淚　落淚仍要一個面對
無謂的負累　怎麼不忍失去
其實我不怪誰　在你掌心裡
偏偏我要孤單寄居

為何要恐懼　寂寞時欠一個伴侶
甜蜜中受罪　怎麼講都不對
無論你想愛誰　在你掌握裡
我熱情隨時在手裡

誰也知夜夜與她那內情　可惜我瞎了眼睛
真相那需說明　而我卻哼不出半聲
誰也知夜夜與她那內情　甘心去做你佈景
得到你的愛情　還要再得到你任性

為何要恐懼　寂寞時欠一個伴侶
甜蜜中受罪　怎麼講都不對
無論你想愛誰　在你掌握裡
我熱情隨時在手裡

誰也知夜夜與她那內情　可惜我瞎了眼睛
真相那需說明　而我卻哼不出半聲
誰也知夜夜與她那內情　甘心去做你佈景
得到你的愛情　還要再得到你任性

誰也知夜夜與她那內情　可惜我瞎了眼睛
真相那需說明　而我卻哼不出半聲

誰也知夜夜與她那內情　甘心去做你佈景
得到你的愛情　還要再得到你任性

一切原是註定　因我跟你都任性

暗湧

害怕悲劇重演　我的命中命中
越美麗的東西我越不可碰
歷史在重演　這麼煩囂城中
沒理由相戀可以沒有暗湧

其實我再去愛惜你又有何用
難道這次我抱緊你未必落空

早上醒來，打開窗簾，天空一片晴朗。

打開電視，新聞主播正在報導，一隻小貓被困在大樹上，消防員出動去拯救牠下來的好事。

打開手機，沒有老闆不懂體諒員工的追魂短訊，一個也沒有。打開房門，貓豬豬正躺在牠的龍床上睡覺，安詳地沐浴在陽光的映照之下。

一切都很好，那麼合意。

我回看床上，他仍然在睡著。輕緩的呼吸，完全放鬆的表情，我知道他真的睡得很好。

一切都很好。

我抬頭再望望天上的蔚藍，對自己說，一切都很好。

•　　•　　•

「晚上你會跟我一起吃飯嗎？」

「今晚跟客戶有約，不能陪你吃飯了。」他從浴室走出來，摟一摟坐在床上看新聞的我，又說：「晚上你先回來吧，我會買糖水給你。」

我微微回頭，然後他又回去浴室對著鏡子刮鬍子。

「我想吃源記的桑寄生蓮子茶。」我說。

「好啊。」

「要加蛋。」

「沒問題。」他看著我笑了一下，然後繼續刮鬍子。

我躺在床上，看著天花板。

「不會不順路嗎？」我問他。

「不會啊，都是開車罷了，而且我也想吃。」

「貪吃鬼。」

「明明就是你自己貪吃。」

他苦笑，一臉溫柔地，然後又過來給我一個擁抱。

一點也不像是一年前的他。

· · ·

「我想吃源記的桑寄生蓮子茶。」

「這麼遠，吃別的吧。」他看著手機，沒有看我。

「那……附近義順的雙皮奶？」

「不想吃甜的。」

「那……你想吃什麼？」

「你自己吃吧，我有事要忙。」

然後他依然看著手機，一步一步走開，剩下我一個人站在原地，他也沒有察覺。

· · ·

偶爾我都會想起，那些應該淡忘、不應該再回想的往事。

其實這一年來，和他的關係漸漸變好，他越來越懂得顧及我的感受，也願意花時間去與我相處。

我為什麼又要去想得太多。

「今天忙嗎？:)」

手機傳來了他的短訊。

「不忙，還有時間上臉書:)」

我回答他。

「不要只顧著看電腦，記得偶爾要讓眼睛休息一下　:)」

「知道了:)」

「乖:)」

這兩天，他都會在工作時，主動傳短訊跟我閒聊。

我不是特別喜歡傳短訊的人，但也不喜歡，被已讀不回的滋味。

最初認識他的時候，他都會很快就回覆我的短訊。

那時候，每一件瑣碎事情，都覺得有趣，都可以跟他在短訊裡，亂笑亂聊。

從每天起床開始，上班的擁擠車廂裡，開會中的忙裡偷閒，在和同事午餐談笑之間，到下午回到公司工作，睡意襲來之前，終於下班的車程上，晚餐的電視機前，安躺於睡床上等待入眠，等待著對方已讀自己的訊息，然後又期待對方的回覆，最後在等到睡前的那一句晚安，看到了他的微笑符號，那一天才會感到真正完滿。

只是漸漸，越來越靠近，我和他的短訊也開始變少。

有事做、正在忙、一時忘了回覆、沒空看訊息，藉口越來越

多。

　　雖然我也明白，一段關係，並不是由短訊來維繫，立即回覆，也不等於他就真的對你在意。我明白的。

　　只是還是會不喜歡，被已讀不回的滋味。

　　所以寧願不要去打擾對方，不要給自己被已讀不回的機會，不要讓對方討厭嫌惡，不要期望太多然後失望更多……

　　是的，不要期望，就不會失望了。我一直都相信這一個道理。

　　只是有時候，不去期望，原來還是會一樣失望而已。

• • •

　　記得那天，他也是這樣子傳短訊給我。

　　「在公司悶嗎？ :)」

　　「悶死了，但工作又沒完沒了 :(」

　　「辛苦你了 ~.~」

　　「:(」

　　「我要開會了，如果太悶，就上網玩玩遊戲吧 :)」

　　「好吧，加油！ :)」

　　「嗯 :)」

　　然後，我繼續在電腦前努力工作；只是過了一會，同事問我要不要去買杯咖啡充充電，於是我就和同事離開了公司，到附近的咖啡店去買咖啡。

　　然後我就看到他，跟另一個女人牽著手走過……

　　然後，從那天開始，我才知道，我們之間原來還有著另一個

人。

　　原來，我才是他們之間的第三者。

● ● ●

　　「傻豬，我回來了。」

　　夜深，客廳傳出了他的聲音。

　　「傻豬。」他又喚了一聲，然後走進臥室。「你睡了嗎？」

　　我努力地在床上坐起來，搖搖頭。

　　「我買了桑寄生蓮子茶，快點吃吧。」

　　「對不起，我沒胃口。」我抱歉地說。

　　「為什麼沒胃口？」他看著我，然後用手摸摸我的前額，皺眉說：「你發燒了。」

　　「只是有點熱。」我勉強笑一笑。

　　「為什麼不早點告訴我？」

　　「不想打擾你工作嘛。」

　　「傻瓜。」

　　他要我躺回床上，倒了杯溫水放在床邊，然後就一直走出客廳，不知道在弄什麼。

　　過了一會，他捧著一碗粥進來。

　　「咦，你煮了粥嗎？」我心裡感動。

　　「你一定沒有吃東西吧。」他嘆口氣，又說：「不吃東西，又怎會好？」

　　「我以為睡一會就會好了。」

「這樣就會好，世上就不需要醫生了。」

接著他拿湯匙，舀了一口白粥，餵我。

「我自己吃就可以了。」我對他說。

他卻搖搖頭，堅持說：「你是病人，我服侍你也是應該的嘛。」

我只好不再出聲，靜靜地等他來餵我。

每舀一口，他都會先把粥吹冷一點，然後才放到我的唇邊。

雖然只是白粥，雖然米仍然有一點硬，但這碗粥，真的很暖很甜。

甜得，我有一點點不習慣。

「你不是要回去了嗎？」

我問他。

「不回了。」他對我微笑一下，說：「今晚我留下來陪你。」

「……這樣好嗎？」

「對我來說，你才是最重要的嘛。」

他這樣說，我卻不知道，應該再怎麼接下去。

自從那天，無意中發現他身邊有著另一個女人，我才知道，自己原來是他和他的太太之間的第三者，原來，他已經有一個兩歲大的女兒。

他跟我解釋，他對太太已經沒有感情，想過離婚，可是為了他們女兒的成長、不想她活在一個單親家庭，他們遲遲都沒有去辦離婚手續，一直都在猶豫不決。

但是他後來認識了我，他發覺，跟我一起的時候真的很開心、真的很想與我在一起，所以他會認真考慮，跟太太離婚的事情，希望我可以原諒他，可以等他。

多麼公式的藉口。

但偏偏，我寧願選擇相信，用相信來裝作自己可以原諒這個人。

用相信讓自己可以繼續得到他的疼愛。

雖然曾經有過的裂痕，並不會就此消失。從那天開始，我們的感情大不如前，他的太太、他的女兒，都變成了我們兩人之間不可談論的話題；但即使不去談論，我們還是會因為對方的刻意平靜與淡然，而感到不被信任、不可信任。我的諒解，有時連我自己都不敢相信，他的承諾，也許連他自己都不敢肯定。在如此沉重的氣氛之下，我們有好一段時間沒再見面，就只是用短訊繼續往來。除了上班，我每天都躲在家裡不想見人，不想被人看見我那不值得可憐的失敗模樣，也不想自己的不安情緒，傷害任何一個人。

直到有天，他主動來找我，給我看他和太太簽訂的離婚協議書。我們的關係，才得以重新開始。

只是心底裡的刺，還是讓我不能相信，如今的自己，真的能夠值得他對我這麼好。也許到最後，這一切也不過是幻象、我還是會被他捨棄，也許從最初開始，從小以來，我就沒有被別人疼愛的資格。

「為什麼對我這麼好？」

我輕聲問他。

「為什麼還會問這個問題呢？」他用手輕輕撫著我的頭髮。「只要你開心，我做什麼都可以。難道你不想開心嗎？」

我搖搖頭，他笑了，問我：「不想開心？」

「不是……」

「那你現在開心嗎？」

我點點頭。

他又拍拍我的頭，說：「既然開心，那為什麼還要想得太多？」

「因為……我怕自己沒有資格。」

「都在一起這些日子了，你還不相信我嗎？」他微微苦笑。

「不，我只是不相信我自己。自小，我的家人也不怎麼理我，我就像是一個外人一樣。」

「傻豬，你要對自己有多一點信心。是他們不懂得愛惜你，並不是你這個人不好。」

然後，他抱著我，輕吻我的唇。我闔上眼睛，淚水忍不住落了下來。他溫柔地為我抹淚、繼續餵我吃粥；吃完了，再餵我吃退燒藥，幫我整理好被鋪，看著我入睡。

「你不睡嗎？」我問他。

「還有些工作沒做完，待會我就來睡。」

「不要忙得太晚啊。」

「知道了。」他又吻吻我的前額，說：「早點睡，明天醒來，就會康復了。」

我點點頭，讓自己閉上雙眼。他輕握著我的手，那一種久違的安全感，讓我很快就進入夢鄉。

在夢裡，我們又再遇上。他一直都看著我微笑，不說話，沒有謊言，沒有承諾，沒有傷害，也沒有擁抱，但是不知為何，我卻感到無比的幸福。

也許是因為，我知道他不會離開我；只要他會繼續陪在我的身邊，我就已經別無他求。

　　就算沒有名分、沒有將來，但只要此刻他願意留住我，我就會心滿意足。

• • •

　　早上醒來，他已經不在我的身邊。

　　我打開窗簾，天空一片晴朗。

　　打開電視，新聞主播正在報導，一名市民願意捐出部分肝臟，給一名病人延續性命的好人好事。

　　打開手機，沒有收到公司的任何短訊，一通也沒有。打開房門，

　　貓豬豬正躺在牠的龍床上睡覺，安詳地沐浴在陽光的映照之下。

　　而他，也趴在書桌之上，沉沉地睡著；筆記型電腦還顯示著他努力了一晚的 PowerPoint，還有不知道是同事還是朋友傳來的臉書訊息。

　　我走到他的身旁，憐惜地輕撫他的頭髮。他的嘴角微微帶著笑意，像是在作著一個好夢，一個我也作過的好夢。

　　一切都很好，一切都很好。

　　除了那一個，仍然顯示著的臉書短訊框。

　　「晚安 :)」

　　「早安，要起床了 :)」

新聞主播說，今日天氣大致多雲，接著整個星期都會下雨。我看著窗外依然蔚藍的晴空，直到他終於夢醒過來，輕握著我的手，對著我溫柔地微笑。

後來我才知道，原來那是我們最後一次，手牽著手，一起眺望這無盡的蔚藍。

THIS
AIN'T
A
LOVE
SONG

暗湧

|作詞|林　夕　　　　|作曲|陳輝陽
|原唱|王　菲

就算天空再深　看不出裂痕
眉頭　仍驟滿密雲
就算一屋暗燈　照不穿我身
仍可反映你心

讓這口煙跳昇　我身軀下沉
曾多麼想多麼想貼近
你的心和眼　口和耳　亦沒緣份
我都捉不緊

害怕悲劇重演　我的命中命中
越美麗的東西我越不可碰
歷史在重演　這麼煩囂城中
沒理由相戀可以沒有暗湧

其實我再去愛惜你又有何用
難道這次我抱緊你未必落空

仍靜候著你說我別錯用神
什麼我都有預感
然後睜不開兩眼　看命運光臨
然後天空又再湧起密雲

就算天空再深　看不出裂痕
眉頭　仍驟滿密雲
就算一屋暗燈　照不穿我身
仍可反映你心

讓這口煙跳昇　我身軀下沉
曾多麼想多麼想貼近
你的心和眼　口和耳　亦沒緣份
我都捉不緊

害怕悲劇重演　我的命中命中
越美麗的東西我越不可碰
歷史在重演　這麼煩囂城中
沒理由相戀可以沒有暗湧

其實我再去愛惜你又有何用
難道這次我抱緊你未必落空

仍靜候著你說我別錯用神
什麼我都有預感
然後睜不開兩眼　看命運光臨
然後天空又再湧起密雲

仍靜候著你說我別錯用神
什麼我都有預感
然後睜不開兩眼　看命運光臨
然後天空又再湧起密雲

然後天空又再湧起密雲

親愛的，你不用特別佩服我，在愛情世界，誰不是過來人，誰又比誰的眼光更銳利？

這次你喜孜孜的匯報，又喜歡上什麼人的時候，我只是盡了基本義務，講一句廢話：哦，那很好，這次要加倍努力了。

然後，多聽了些，外面還沒起風，想你也看出我臉色籠罩了密雲。我不是什麼都有預感，我何嘗想如此敏感？預感好像很玄，說穿了很土，都是緣，緣就是適合的條件全都成熟，科學得很。順利的愛情，不外乎那幾個步驟；不可得的幸福，也不離那些熟悉的程序，風吹，草就動，我們都懂。

太愛一個人像打噴嚏，很難隱瞞；你太愛的人不夠愛你，從口腔眼睛鼻子耳朵都不夠，則更難矇混過去，除了你自己本人。你的心如何，他的心又如何，就不必照磁力共振了吧。

今年元旦，你很開心告訴我，會在家裡跟朋友一起跨年倒數，你邀請我參加。基於禮貌，我先問你，他又不認識我，你有問過他的意思嗎？你說，不怕啦，都是朋友嘛。我說，這不是怕，是尊重。你說：尊重？有沒有那麼嚴重？

唉，你怎麼就聽不出來，不只是你尊重他的意願，是他夠不夠尊重你。一直以來，我只知道你要跟他朋友做朋友，沒聽過你們的聚會有你自己的朋友。我與你這等交情，也還沒跟你倆吃過一次飯。

果然，你後來回我：「他暫時不想認識新朋友。」

什麼新舊朋友，不就是你的朋友？如果他對你夠尊重、夠重視，怎麼會提不起興趣見見你這邊的閨蜜，也好了解一下能與你深交的，會是什麼樣的人。

親愛的，難為你了，可難道你帶點尷尬地跟我說這話時，也沒留意我眼睛，盯著一口煙的霧往上升，身軀窩在沙發裡漸漸往下墜落？我是看到了自己的歷史，在你們身上一步步重演。

你多久沒仰視過房子的上方，沒注意到天花板已經長出了許多細細的裂紋？那是底層上漆時沒處理好，最表面一層粉刷完成後，看起來無論多平滑無瑕，日子一久，冷縮熱脹，裂痕自然跑出來。你的心思都放在一個人身上，才沒發覺到而已，不信？你睜開眼睛看看，這也是裝潢歷史必然的重複。

親愛的，我希望這次是我捉錯用神，你們現在還好好的。什麼命中命中，無須暗湧，也無所謂命，只要形勢強弱懸殊，越要抱緊的就越快落空。美麗的東西不是不可以碰，反正不那麼美麗

的花瓶，只要你太緊張，手就會發抖，也不見得不會摔爛。

　　如果，這次，最後，居然，或是果然，同樣的命運又再次光臨，請別相信旁觀者清。旁觀者清楚的是結局，不能代你感受過程。不斷重演的所謂悲劇，都是以溫馨劇開始的吧，你能享受就好。

　　如果真有命，不管你認或不認，過來人只相信一件事，人有趨吉避凶的本能，你不願歷史重演，是可以抗命的；你坐等命運光臨，那你也成了美麗東西作惡的共犯同謀。
　　過來人言盡於此。保重。

THIS
AIN'T
A
LOVE
SONG

你的背包

你的背包　讓我走的好緩慢
終有一天陪著我腐爛
你的背包　對我沉重的審判
借了東西為什麼不還

每天早上起來，我都會看著床前的一面牆。

牆的正中央，掛著一個黑色背包。

背包是皮製的，修長的形狀，有兩條纖細的肩帶。

它已經掛在這裡很久很久，就像是這房間的裝飾品。

每天起床，我都會看著它，看到忘了時間。

直到，覺得不可以再這樣下去，才會捨得離開房間。

才會開始，這一天的生活。

●　　●　　●

「你以前不是不喜歡喝黑糖咖啡嗎？」

「有嗎？」

我望著 Daisy，手中的咖啡悄悄放了下來。

「以前你總是嫌它太甜，我每次點黑糖咖啡，你都會拿來喝一口，但你每次喝過後又總是會皺眉。」

「有這樣的事嗎？」我低下頭笑。

「記得最初和你在一起時，你都不喜歡喝，現在反而每次都點黑糖咖啡。」

「這麼多年前，我都忘記了。」

她雙眼轉了轉，忽然笑問：「你記得是多少年前嗎？」

我微微笑，第一個想到的數字，是六，然後減一，我回答：「五

年前。」

「真乖，你還記得。」

她心滿意足地笑，我看著她，展現相同的表情。

五年了，原來。

六年了，已經。

這六年來，有什麼事情，是已經變得不同？

上班，下班，加班；月初，月終，發薪。

往前，徘徊，想走；心灰，習慣，看開。

疲倦，旅行，復原；沒錢，存錢，上班。

六年後，彷彿跟六年前都一樣。

仍是在同一間公司工作，仍向上爬，但爬得好緩慢。

生活沒有太多改變，最不同的，就是認識了 Daisy。

Daisy 是一個簡單的女子。

她只要跟喜歡的人在一起，只要開心，就不會再煩惱太多。

她只會煩惱，一些比較現實的問題。

「不如，換工作吧。」

「換什麼工作？」我微微笑問，不帶認真。

「我不知道啊，最重要是你的意願、想不想換工作。」她誠懇地看著我，「如果你不想換，我會尊重你的意思，只是如果我們想買房，就需要有多一點錢。」

「因為買房，所以換工作？」

「你現在公司給的薪水，實在太低了嘛。」她吐吐舌頭。

是的，是真的太低，我其實知道。

同一行業，同一職位，外面公司給的薪水，至少比我們公司

多兩成。

多兩成，就可以每兩個月，多去一次不太花錢的日本旅行。

當然，也可以如她所說，會有更多錢存下來買房。

「我再想想吧，我捨不得這麼好的同事。」我回答她。

「嗯，你想想吧，無論你的決定如何，我都會支持你。」

她看著我，笑得很甜。

說到同事們，是真的很好。

六年來，每次回到公司，他們總是溫柔地對我笑，跟我打招呼。

「早啊，阿建。」

「早安，Tiffany。」

「今天這麼早就回來了？」Tiffany 一邊吃早餐，一邊笑問。

「不知為何，這天提早起床，還有時間跟女朋友去吃早餐，吃完了沒事做，所以只好先回來了。」我笑著說。

「啊，和女友一起吃早餐，真的很甜蜜呢。」

「Tiffany 姐，你就不要取笑我了。」

同事們都知道 Daisy，他們卻沒有正式碰過面，就只是在我辦公桌上的相框裡，看過她的照片；又或是偶爾在街上，碰到我跟 Daisy 約會。

他們並不八卦，但我知道，他們都一直在關心我。

關心我這一個，曾經被捨棄的人。

我們的公司，是一間小小的、專門幫人報關的公司。

你運東西去外國，或從外國運東西回來，按照規定，你需要為所運送的東西，向政府部門遞交相關的資料，例如數量、重量、

東西的名稱、產地、價值，以及用什麼方式運送、在什麼時候運送等等，而這就是「報關」。

以前這些資料，是要填表格來遞交，但現在什麼都電子化，我們公司就提供一套軟體給有需要的公司，讓他們可以在公司裡使用軟體來報關、直接將資料傳送給政府部門，再不需要特地派人出外填寫表格，浪費紙張與時間。

而這一套軟體，是在七年之前，由我來負責編寫。

這些年來，使用過這套軟體的客戶，已經超過數萬。

不算多，也不算少，但都一致好評。

也許是因為，我們公司的客戶服務做得好，每次當客人在使用軟體時遇上問題，都能夠及時盡心幫客人解決，又能夠將有用的資料數據匯報給我知道，讓我將軟體改善得更好。

也許是因為，這套軟體的功能十分齊全，最初設計時就已經顧及大部分客人的需要，又容許用戶為軟體做出有彈性的調節、以配合不同公司的狀況，於是在應用的時候就可以更加方便快捷。

也許是因為，為這套軟體編寫程式的人，曾經花過很多心力去測試、找出問題，所以才會很少出錯，所以才可以用上七年……

「你負責編寫，我負責抓 bug。」

還記得那時候，依薇笑著說這一句話時，那挑戰的目光。

「你只是負責抓 bug，未免太懶了吧。」我抗議。

「誰說抓 bug 不費心力時間？明顯的小錯不難找，不明顯的致命錯誤，才是最難找啊！」她拿起黑糖咖啡，一邊冷笑一邊喝了一口，又說：「有時候，抓 bug 所花的時間，可能比編寫的時

間還要長；要反覆試驗很多很多遍，才找得出來呢。」

我嘆一口氣，反問：「由負責編寫的我自己來尋找，不是會更快嗎？」

但後來事實證明，依薇抓出的 bug，總是比我自己找到的還要多。

那時候，我和她住在一起，每天晚上，我都會在家裡負責編寫程式，早上回到公司，依薇就負責測試及抓 bug。黃昏下班，我們會一起離開公司，到公園散步，看看日落，然後吃晚飯，有時會再看一場電影。回到家裡，洗完澡，依薇很快便會睡著，我就坐在電腦前修改她抓出來的 bug，然後又繼續編寫新的程式，常常一寫就寫到凌晨兩三點，她都已經睡得很沉了。然後第二天醒來，我就將寫好的程式繼續讓她測試，日復一日，月復一月。

到後來程式寫好了，沒有那麼忙碌，公司就准許我和依薇放假，放回那些之前一直沒空去放的假期。於是，我們就去旅行，我喜歡去台灣，她則最喜歡去日本。那時候，是我們相處最快樂的時間。然後有天，我在台北 101 下，拿出戒指向依薇求婚，她說要考慮一下；然後，不知為何求婚的消息傳遍了整間公司，所有同事以至老闆都熱烈地向我們道賀，期待我們成為這間小公司第一對被撮合的夫婦；然後，我開始認真考慮存頭期款、買間房子，到時再次向她求婚；然後……

那一天，我加班完後，回到家裡，依薇已經搬走了一切。

第二天回到公司，才知道她原來辭了工作。從此，她不再接聽我的電話、不再回我的訊息，也不想再見到我這個人。

在離開之前，依薇在飯桌上留下一封信，說，不是我的問題，

THIS
AIN'T
A
LOVE
SONG

希望我會找到幸福。

不是我的問題，但她還是走了。

也沒有回答我，為什麼不能夠成為我的幸福。

一年後，依薇跟一個做軟體開發公司的人結為夫妻。過了不久，那間公司開發了一套報關軟體，並轉眼間搶走了我們公司的一半客戶。

而我，則繼續留在這間公司，每天都為這一個自己開發的軟體，尋找可能尚未被發現的 bug。

每到晚上，回到家裡，我就看著螢幕，看著她跟別人開發的軟體，思考有什麼地方及不上別人，思考是不是真有什麼地方，其實是我真的錯了。

然後，我不斷花心思去改良這個軟體，改得更好、改得比她的更快；每當她為軟體加上什麼功能，我就會立即研發相似的功能，做得比她更優良全面。但漸漸，他們的軟體越來越少更新，感覺她像是不會再繼續為它花更多心思，就只有我在這一邊，看著她越來越淡的影子在繼續比拚。最後，不知從誰的口中聽說，她生了孩子，是一個可愛的小女孩，也因此，她開始不再插手公司的事情。

「阿建。」

老闆 Louis 走過來我的座位。很難得，他會自己主動走過來。

「有什麼事嗎？」我站起身來。

「我們的報關軟體，」他眼裡發光，有點興奮地說：「奪下了這一屆資訊科技大獎的第一名。」

不知為何，聽到他這樣說，我心裡竟然有一點不踏實。

「是真的嗎？」我問老闆。

「當然是真的啊，我剛剛收到評審團的來信，下個月初我們就要上台領獎啊！」說完，老闆還抓著我的手，旁邊聽到的同事，都走過來身邊道賀，可是我心裡不踏實的感覺，卻越來越強烈。

「除了我們，其他報關公司……這次有參賽嗎？」我輕聲問。

老闆像是知道我的想法，他說：「我們的對手，全部都有參加。」

「嗯。」

「這幾年，辛苦你了。」「不如趁機休息一下吧。」「老闆，阿建明年應該升職加薪啦。」「阿建也是時候與女朋友步入禮堂了。」「我們公司幸好有阿建這個守護神呢哈哈哈。」「是啊，我們的軟體真的越來越完善了，很多客人都這樣說。」「阿建要繼續加油啊！」「再來寫一套更厲害的軟體，超越所有公司！」

這個獎、這些功勞，其實並不屬於我一個人。

如果真要說，這是全公司所有人，一同努力的成果。

也是我與依薇，一同努力的成果……

沒有她，我不可能走到這一天。

但沒有她……我還是走到了這一天。我以為自己一個人，不可能會走到這一天，我卻揹著她留給我的包袱，竟然一步一步走到這個地方，得到大家的讚許。

而我是不可能，再跟她一起分享這些成果。

她也不會再在乎。

有好幾次，我在街上遠遠看到，她和先生還有女兒，一家人一起逛街，或一起在餐廳用餐。

每一次，我都會立即避開遠走。

其實我沒需要避開，如果，我真的沒有做錯。

如她所說，是她對不起我，不是我的問題。是她應該愧對我才對，是她應該要避開我才對。

但每次回到家裡、回到公司，當我看著電腦裡的軟體，我再怎麼修改、怎麼變好，也是不能完全抹清她留下過的痕跡；也不能夠狠心，放下這一切，讓所有歸零，再去重新開始。

即使大家都覺得，我是應該要放開。

即使差點連我自己都以為，應該已經放開了。

但是每天起床，每晚回到家裡，當我坐在床上，看著那一面牆，看著那一個掛在牆上的黑色背包，我還是會禁不住茫然起來。

以前，每次和她上街，或是和她去旅行，她總是喜歡讓我替她去揹這一個黑色背包。

背包是她買的，皮製，款式好看，但有點女性化；而且那兩條肩帶實在太細，每次我都揹得很不自在，總是擔心那兩條肩帶會不會突然斷裂，總是會想，為什麼要我幫她去揹背包。

然後會想，她什麼時候才會揹回她的背包。

然後在她離開之後，她就只留下這個背包，沒有帶走。

是她忘記了帶走，還是她特地留給我，要我想念她，要我記得和她一起暢遊過的日子？

又或是，希望我反省，為什麼要揹得那麼不情願，為什麼不可以從她的角度出發？

還是，其實就真的沒有什麼意義，她就只是忘了，她就只是不再喜歡我這一個人⋯⋯

我就只是一個無法跟她共度餘生的人。

「我來了。」

客廳傳來 Daisy 的聲音，我繼續坐在床上，她悄悄地走進睡房，見到我在，於是過來摟著我，笑問：「為什麼在發呆？」

「沒什麼，有點累，想靜一下。」我微笑說。

「嗯，那我就陪你一起靜一下吧。」

然後她就繼續摟著我，我任由她繼續摟著我，一起看著前面的牆發呆。

過了一會，Daisy 忽然說：「對了，之前其實就想問你了。」

「什麼事？」

「為什麼這個背包，從不見你拿上街使用？」

我輕輕呼口氣，回答：「它已經很舊了啊，而且我還有其他背包。」

「不是呀，我覺得它還很新，還很好看。」

「但，」我頓了一下，看著她說：「這是女用背包吧。」

她聽見後，也回望著我，過了一會，才輕聲說：

「這個牌子的背包，從來就只有男用的款式。」

我愣住，又再看回牆上的背包，再回想起，依薇揹起這個背包時的模樣。

想起，這個背包對依薇來說，是有一點大。為什麼她會買這個背包？

然後，我終於想起……

其實這個背包，最初是她為我而買的。

「為什麼想買背包？」

「放雨傘，放水壺囉。」依薇走到掛滿背包的櫃子前，拿起了一個米白色的來看。

「只是放雨傘和水壺，不需要去買一個背包來放吧。」我皺眉。

「那麼那些雨傘與水壺，你全都用手拿著嗎？」她冷笑看著我。

「有什麼問題！」我回她。

「好，那以後你上街，你左手拿雨傘、右手拿水壺，那你還會有手可以空出來，牽著我的手嗎？」

聽見她這句話，我不知該怎麼回答了。

「你說這個款式好不好？」

她指著一個黑色背包，皮製的，有點女性化的款式。

「你自己喜歡就行了。」我無奈地說，別過臉嘆息。

「好吧，那就買它。」她笑著拿去付錢。

我跟著她走到收銀檯前，她回頭跟我說：「以後你就要負責揹這個背包啊。」

我呆了一下，反問：「為什麼？」

「因為，這是因為你而買的啊。」

「歪理！」我皺著眉，心裡十萬個不願意，對她說：「我不喜歡揹背包上街。」

「你真的這麼不喜歡嗎？」她有點生氣。

我沒有理會她，逕自走出店外；她付錢過後，拿著背包出來，也不發一語。

之後幾天，她都沒有理睬我。之後的日子，偶爾我們還是會

為了揹背包這一件小事，或吵架，或生對方悶氣。

直到她離開了以後。

直到現在，我才再回想起，這一件小事……

其實，並不是她留下背包給我、不是我仍留著她的背包，而是，她不想帶走這一個背包、不想再與我有任何藕斷絲連。

我不需要將這個背包還給她，因為她也不會想取回。

即使將來我可能會為這一個背包而繼續難過後悔……

「不如，去吃晚餐吧。」

Daisy 看著我，笑問。

我低下頭，看看 Daisy，只見她的雙眼，泛著一點淚光。

「嗯，去吃飯。」

「嗯。」

我笑著牽起她的手，卻被她輕輕掙開。

她的手很冷，她對我勉強微笑一下，然後別過臉，走出了房間。

我看著牆上的背包。

想繼續笑下去，但最後還是剩下了沉重，沉重的冷……

這六年來，有什麼真的改變了。

你都已經走了，我還在背負著一些什麼。

我還未可放下什麼。

THIS
AIN'T
A
LOVE
SONG

(▶)

你的背包

| 作詞 | 林 夕　　　 | 作曲 | 蔡政勳
| 原唱 | 陳奕迅

一九九五年　我們在機場的車站
你借我而我不想歸還
那個背包載滿記念品和患難
還有摩擦留下的圖案

你的背包　揹到現在還沒爛
卻成為我身體另一半
千金不換　它已熟悉我的汗
它是我肩膀上的指環

揹了六年半　我每一天陪它上班
你借我我就為你保管
我的朋友都說它舊的很好看
遺憾是它已與你無關

你的背包　讓我走的好緩慢
終有一天陪著我腐爛
你的背包　對我沉重的審判
借了東西為什麼不還

你的背包　讓我走的好緩慢
終有一天陪著我腐爛
你的背包　對我沉重的審判
借了東西為什麼不還

借了東西為什麼不還

親愛的，事到如今，我依然很懷念我們的背包。

每當我突然想起你，還是甩不掉那個畫面：我們各自揹著自己的背包，走在熟悉的街頭或是半熟的異國，有時並行，有時一前一後，有時說說話，有時沉默，無需言語。

就兩個背包，總是輕身上路，彷彿隨時可以把一切卸下，了無牽掛。就兩個人在途上，彷彿已經圓滿了，足夠了，有什麼想買都是多餘，都是負累，深怕影響了我們走得更遠更久似的。

只那麼一次，我多買了一些無謂小玩意，我的背包放不下，就騰出你的來放一點。於是，回程之時，怕你受累，我一個人扛著兩個背包，直到回家。

我的東西，佔據過你的空間，像短暫的同棲，那曖昧的滿足，是如此充實又卑微。直到撿回屬於我的東西，把背包還你，兩個人又各有所屬般，你的我的，分得清清楚楚，再也沒有下一次糾纏不清的機會。

說真的，我何嘗沒有動過念頭，在你不以為意下，賴著哄著，把那背包收起來，不還你。

我知道，那一刻，只有那一刻，我能如此坦白，而你能如此無所謂。時機一過，這要求便顯得唐突，這動作便落得輕狂。

　　忽然便已經好久不見。那次在聚會中，隔著幾個朋友的身影，瞧見你已經換了新的背包，一如過往的步調走過來，也瞧了我的背包一眼。

　　說真的，朋友，你可能誤會了，我依然捨不得換掉舊背包，並不是念舊，也與你無關。我只是單純地喜歡它的款式，揹了那麼多年，我沒嫌棄過它殘舊，生產商卻怕它過時，讓它停產，要推陳出新。

　　倒是朋友，你的背包哪裡去了？是不是丟落在一角，成為沒有扔掉的垃圾。

　　說真的，我是有點後悔。相識多年，連一件禮物也沒有交換過，兩個人用兩個杯子，兩個人用兩把雨傘，乾淨清白到這地步。連一個背包也不敢據為己有，連在你手上給棄置的多餘廢物，我都無緣撿拾。

　　可惜，如今你用不著的，也像我的角色一樣，再無用武之地。

　　說真的，自從那次買了些小玩意之後，我就開始戀物，當時兩個人即是全世界，現在一個人走著，世界忽然膨脹了，原來還

有很多很多小玩意，讓我去收藏。像每一件越舊越值錢的東西，何嘗不是沾滿了陌生人多年前的指紋，一如你那背包，我揹過了一程，而你又揹了多久，留下了多少廝磨的痕跡，成為我買不起的文物。

THIS
AIN'T
A
LOVE
SONG

失憶蝴蝶

就像蝶戀花後無憑無記
親密維持十秒　又隨伴遠飛
無聊時歡喜在忙時忘記
生命沉悶亦玩過遊戲

並未在一起亦無從離棄
一直無仇沒怨　別尋是惹非
隨時能歡喜亦隨時嫌棄
不用再記起怎去忘記

從小到大，我們常常都在學習如何記憶，記得更快、更多、更清楚。

但很少會有人教，如何去忘記，教人不要記得太多，教人怎樣善忘。

● ● ●

「明明前兩天曾提醒過你，今晚我們有約了。」

他輕輕嘆氣，看著正在喘氣的她。

「我沒有忘記呀。」她對他吐吐舌，笑著辯道：「我只是遲到罷了。」

「但遲了半個小時。」他搖頭，拿 menu 給她，問：「想喝什麼？」

她看著 menu 好一會，彷彿拿不定主意。

「怎樣，還是要點青蘋果綠茶？你最喜歡點這一款。」他說。

「你又記得。」她裝出一個訝異的表情，把 menu 交回給他。

他微微苦笑一下，跟服務生點菜，又對她說：「這次去日本旅行，好玩嗎？」

「還不錯，那邊的天氣很涼快，真想在那邊多留一會呢。」她愉快地笑了一下，然後從背包中拿出一樣東西，說：「這是給你的伴手禮。」

「謝謝，什麼東西？」他將伴手禮接過，笑著問。

「都是一些和菓子。」

他皺一皺眉，再問：「是用糯米粉做的嗎？」

她呆了一下，答：「咦，我沒留意啊，怎麼了？」

　　「沒什麼，沒什麼。」他將伴手禮收進自己的背包裡，又說：「記得有一年，陳開心去完日本旅行回來後，買了很多和菓子給我們當伴手禮嗎？」

　　「好像有過這回事。」

　　「那時我吃了他的和菓子，之後搭車回家時肚子痛起來，忍了很久才找到洗手間，你都不記得嗎？」他苦笑說。

　　「是嗎，好像有發生過，但……我都記不大清楚了。」她露出一個抱歉的表情。

　　「算了，我知道你總是沒有記性。」

　　「是你記憶力太好吧，一直想向你請教有什麼秘訣，可以讓記憶力變得更好呢。」

　　「才沒有什麼秘訣。」他微微嘆息一下，忽然又問：「記得我們認識了多久嗎？」

　　「好像是……四、五年了？」

　　「是六年才對啦。」他又苦笑。

　　「那記得我們是怎樣認識的？」她反問。

　　「你都不記得了？」他大喊。

　　「記得，怎會不記得。」她裝了個鬼臉，輕聲說：「只是想看看你記不記得而已。」

　　「唉。」

　　「好啦好啦，別唉聲嘆氣了，你約我出來，不是要給我請帖嗎？」

　　「哼，這件事你反而還記得。」

「別多話了，拿來吧！」

他從背包取出一張紅色的請帖，雙手交給她。

她喜孜孜地接過，問：「大日子是在哪一天？」

「下個月的二十一號，那天晚上你會來嗎？」

「應該會吧，你人生的大日子嘛。」

「是嗎，謝謝。」他微微笑了一下，忽然又問：「到時你不會不記得來吧？」

「咦，很難說呢。」她吐舌。

「唉，為什麼你總是記不牢別人的事情……」

「有嗎有嗎？」

「……」

• • •

有一些事情，她從來都沒有忘記。

例如第一次見面時，他臉上的靦腆笑容。

第一次和他看電影時，和他肩膀只相差幾毫米的那點溫暖。

那時候，他們最愛到咖啡店碰面，他介紹她青蘋果綠茶好喝，她會為他點他喜歡的巧克力咖啡。

她記得他喜歡聽陳奕迅的歌曲，喜歡看九把刀的小說，喜歡吃有點辣的食物，喜歡到有海岸的地方去旅行。

他最喜歡跟她約定，將來要一起去做些什麼，例如要一起旅行，要一起到大草原上看星星，一起唱聽風的歌，說友誼長存。

他最不喜歡她不記得和他的約定，於是本來記性不好的她，

花了多少時間心思，去記下這些關於他的事情，將任何與他有關的事情都背誦細記。

例如那一次，他明明工作得十分疲倦，但不辭千里來到自己的家樓下，給自己送上生日禮物。

又例如那一次，明明他感到肚痛不適，但還是堅持要先送她回家，怕夜深路上一個人危險。

這些事情，她又怎麼可能忘記。

然後，記得越多，彷彿同時累積了更多心跳。

然後，在記下了太多關於他的事情，在記憶漸漸變成了自己生活裡的重要一部分、猶如呼吸般熟練時，在他們認識了的第一百二十一天，他認識了另一個真正喜歡的人。

就是從那天之後，她決定不要再讓自己記得太多。

因為那一百二十一天的份量，已經超過了自己所能承受的程度。

原來不是用上同樣多的時間，就可以淡忘那些分秒曾經有過的心跳與記憶。

養成一種習慣，可能只需很短的時間；但想從此戒掉，卻要花上更漫長時間的決心與忍耐。

決心不要再讓自己去找他，忍耐不能再見到他的寂寞。

即使有一些事情，她從來都沒有忘記。

但如果記得太牢，最後只會讓自己更加心痛；那不如讓自己善忘一點，留多點空間去寄望，自己將來遇到一個更對的人，一起記下更多快樂的氣味。

至少這天不會讓自己的心更痛，至少還可以在他的面前，純

熟地裝一個笑臉，衷心的說一聲祝福。

　　至少，還可以自在地，在心裡繼續喜歡那一個人，和他天長地久。

THIS
AIN'T
A
LOVE
SONG

失憶蝴蝶

|作詞|林　夕　　　|作曲|陳曉娟
|原唱|陳奕迅

還沒有開始　　才沒有終止　　難忘未必永誌
還沒有心事　　才未算相知　　難道值得介意

言盡最好於此　　留下什麼意思
讓大家只差半步成詩

還沒有驚艷　　才沒有考驗　　才未值得哄騙
還沒有閃電　　才沒有想念　　才未互相看厭

還未化灰的臉　　留在夢中演變
回頭就當作初次遇見

並未在一起亦無從離棄
不用淪為伴侶　　別尋是惹非
隨時能歡喜亦隨時嫌棄
這樣遺憾或者更完美

從沒有相戀　　才沒法依戀　　無事值得抱怨
從沒有心願　　才沒法許願　　無謂望到永遠

蝴蝶記憶很短　留下什麼恩怨
回頭像隔世一笑便算

並未在一起亦無從離棄
不用淪為伴侶　別尋是惹非
隨時能歡喜亦隨時嫌棄
這樣遺憾或者更完美

就像蝶戀花後無憑無記
親密維持十秒　又隨伴遠飛
無聊時歡喜在忙時忘記
生命沉悶亦玩過遊戲

並未在一起亦無從離棄
一直無仇沒怨　別尋是惹非
隨時能歡喜亦隨時嫌棄
不用再記起怎去忘記

TRACK 08

給自己的情書

我要給我　寫這高貴情書　用自言自語　作我的天書
自己都不愛　怎麼相愛　怎麼可給愛人好處
憑著我這千斤重情書　在夜闌盡處　如門前大樹
沒有他倚靠　歸家也不必撇雨

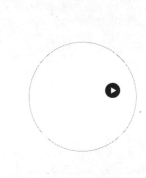

十月十六日,夜。

心血來潮,他打開了她的臉書。
想看看她的近況,
想知道她是不是過得還好……

陳靜 was feeling 祝你生日快樂。
8 Aug at 23:59

請不要灰心　你也會有人妒忌

陳靜 was feeling 還有。
8 Aug at 00:01

你仰望到太高　貶低的只有自己

陳靜 was feeling 我愛你。
7 Aug at 04:02

別蕩失太早　旅遊有太多勝地

陳靜 was feeling 保重。
6 Aug at 03:50

你記住你髮膚　會與你慶祝鑽禧

陳靜 was feeling 再見了。
5 Aug at 03:08

lalala　慰藉自己　開心的東西要專心記起
lalala　愛護自己　是地上拾到的真理

陳靜 was feeling 一同數星星的凌晨。
4 Aug at 03:25

寫這高貴情書　用自言自語　作我的天書

陳靜 was feeling 那些曾經快樂過的時光。
3 Aug at 02:55

自己都不愛　怎麼相愛　怎麼可給愛人好處

陳靜 was feeling 希望你會記得。
2 Aug at 02:06

這千斤重情書　在夜闌盡處　如門前大樹

陳靜 was feeling 如果有天你想起我。
1 Aug at 02:18

沒有他倚靠　歸家也不必撇雨

陳靜 was feeling 我想放棄了。
31 Jul at 02:00

請不要哀傷　我會當你是偶像

陳靜 was feeling 所以，對不起。

30 Jul at 02:36

你要別人憐愛　先安裝一個藥箱

陳靜 was feeling 我已經好累了，真的。

29 Jul at 02:01

做什麼也好　別為著得到讚賞

陳靜 was feeling 也再不會得到你的在乎。

28 Jul at 01:52

你要強壯到底　再去替對方設想

陳靜 was feeling 短訊似落沉默大海。

27 Jul at 01:44

lalala　慰藉自己　開心的東西要專心記起
lalala　愛護自己　是地上拾到的真理

陳靜 was feeling 感情像是消失無蹤。

26 Jul at 01:47

寫這高貴情書　用自言自語　作我的天書

陳靜 was feeling 是什麼時候脫軌了。
25 Jul at 01:29

自己都不愛　怎麼相愛　怎麼可給愛人好處

陳靜 was feeling 是什麼地方出了錯。
24 Jul at 00:50

這千斤重情書　在夜闌盡處　如門前大樹

陳靜 was feeling 為什麼會變成這樣。
23 Jul at 01:19

沒有他倚靠　歸家也不必撇雨

陳靜 was feeling 即使再見面也是無話可說。
22 Jul at 01:38

拋得開手裡玩具　先懂得好好進睡

陳靜 was feeling 現在已經和你沒有半點交流。
21 Jul at 00:55

深谷都攀過後　從泥濘尋到這　不甘心相信的金句

陳靜 was feeling 每當想起。

20 Jul at 01:06

寫這高貴情書　用自言自語　作我的天書

陳靜 was feeling 但如今都已經變成過去。

19 Jul at 01:18

自己都不愛　怎麼相愛　怎麼可給愛人好處

陳靜 was feeling 也曾經有過多少約定。

18 Jul at 00:52

這千斤重情書　在夜闌盡處　如門前大樹

陳靜 was feeling 曾經我們偷偷曖昧。

17 Jul at 01:14

他不可倚靠　歸家也不必撇雨

陳靜 was feeling 最初我們曾經彼此在乎。

16 Jul at 01:08

我要給我　寫這高貴情書
用自言自語　作我的天書

陳靜 was feeling 已經喜歡你這麼久。

15 Jul at 00:15

自己都不愛　怎麼相愛　怎麼可給愛人好處

陳靜 was feeling 不經不覺。

14 Jul at 00:15

憑著我這千斤重情書　在夜闌盡處　如門前大樹

陳靜 was feeling 兩年了。

12 Jul at 23:59

沒有他倚靠　歸家也不必撤雨

「你很喜歡王菲嗎？」

看到最後一句歌詞，他輸入這個短訊，問她。

過了一會，訊息欄顯示已讀的符號，但是她沒有回應。

他又再輸入：

「我也很喜歡〈給自己的情書〉這首歌 :)」

然後按下發送，但過了一會，她還是沒有回覆，接著，更離線了。

他看著得不到回覆的訊息欄。

再往上滑去，上一次收到她的訊息，已經是兩個月前她傳來的「生日快樂」。

他不禁問自己，為什麼那時候沒有回覆。

為什麼如今她也不再回覆。

是因為已經很久沒見面，就算曾經再友好，最後還是難免會變得陌生？

總是這樣。

他輕輕嘆了口氣，關上臉書，叫自己不要再多想。

找出王菲的〈給自己的情書〉，讓這首歌陪伴自己入夢。

給自己的情書

|作詞|林　夕　　|作曲|C.Y.Kong
|原唱|王　菲

請不要灰心　　你也會有人妒忌
你仰望到太高　　貶低的只有自己
別蕩失太早　　旅遊有太多勝地
你記住你髮膚　　會與你慶祝鑽禧

lalala　慰藉自己　　開心的東西要專心記起
lalala　愛護自己　　是地上拾到的真理
寫這高貴情書　　用自言自語　　作我的天書
自己都不愛　　怎麼相愛　　怎麼可給愛人好處
這千斤重情書　　在夜闌盡處　　如門前大樹
沒有他倚靠　　歸家也不必撇雨

請不要哀傷　　我會當你是偶像
你要別人憐愛　　先安裝一個藥箱
做什麼也好　　別為著得到讚賞
你要強壯到底　　再去替對方設想

lalala　慰藉自己　　開心的東西要專心記起
lalala　愛護自己　　是地上拾到的真理
寫這高貴情書　　用自言自語　　作我的天書
自己都不愛　　怎麼相愛　　怎麼可給愛人好處
這千斤重情書　　在夜闌盡處　　如門前大樹
沒有他倚靠　　歸家也不必撇雨

lalalala⋯⋯拋得開手裡玩具　先懂得好好進睡
深谷都攀過後　從泥濘尋到這不甘心相信的金句

寫這高貴情書　用自言自語　作我的天書
自己都不愛　怎麼相愛　怎麼可給愛人好處
這千斤重情書　在夜闌盡處　如門前大樹
他不可倚靠　歸家也不必撒雨

我要給我　寫這高貴情書　用自言自語　作我的天書
自己都不愛　怎麼相愛　怎麼可給愛人好處
憑著我這千斤重情書　在夜闌盡處　如門前大樹
沒有他倚靠　歸家也不必撒雨

十年

十年之前　我不認識你
你不屬於我　我們還是一樣
陪在一個陌生人左右
走過漸漸熟悉的街頭

十年之後　我們是朋友
還可以問候　只是那種溫柔
再也找不到擁抱的理由
情人最後難免淪為朋友

　　「陳先生，TimesAgency 的楊小姐和她的同事都來了，他們現在都在會議室。」

　　「嗯，我會去見她，你叫其他同事先進去吧。」

　　秘書關上門，文傑看看窗外，輕輕呼了口氣。

　　打開手機，看看這天的日期。又將抽屜翻開，找出了一個小盒子，拿出來看了一會，又將它放回抽屜裡。

　　最後，他搖搖頭，穿上西裝外套，步出房間，向會議室走去。

●   ●   ●

　　「你說呢，我們有天會不會變成一對陌生人？」

　　「好端端，為什麼問這些問題？」他皺眉。

　　「就只是假設性的問題啦。」她向他做個鬼臉。

　　「假不假設都好，我都不會讓這種事情發生。」他摟著她，用力地。

　　「你摟得人很緊啊！」她掙開他的雙臂，又說：「其實我是覺得，有些事情，最後都不是由我們自己可以掌控呢。」

　　「你又看愛情小說中毒了嗎？」他嘆一口氣，說下去：「就算有時候身不由己，但我們還是可以選擇怎樣去面對呀。」

　　她笑了一下，追問：「那如果我們變成陌生人呢，你會不會選擇不見我？」

「都說我們不會變成陌生人了！」

「是，我知道我們不會，都說這只是假設性問題。」

她一邊問，一邊看著手中的雜誌。他偷偷瞥了一眼，原來她是在玩著雜誌上的心理測驗。

「唉，如果我們真的變成陌生人……」他抬頭看了一下天空，又看回她，說下去：「當你想見我的時候，我不會避開不見你，這樣回答可以嗎？」

她看著雜誌，過了一會，笑說：「類型 D，選擇依然會見對方的人，其個性應該相當灑脫，所以他最想要的生日禮物，並不需要太過名貴，物輕情意重就可以了，例如一頓便宜的晚餐、或是到海邊裝一瓶沙子送給他，他就已經會感激流涕……」

「什麼？生日禮物？」他想起自己還有一個月就要生日。

「對了，你想要一頓便宜的晚餐做生日禮物，還是想要一瓶沙子？」

她向他做個鬼臉，他忍不住雙手捏她的臉，然後，他吃了她的兩記粉拳。

後來，那一年的生日禮物，他得到了一瓶沙子。

● ● ●

若琳沒有想過，會在這裡再遇上文傑。

已經有多少年，沒有再見過他。

有多少年，沒有再留意他的消息。

「你好，我是陳文傑，是這裡的市場部總經理。」

他禮貌地跟自己握手，她有一刻愣住，但還是很快地伸出手，微笑回答：「你好，我是 TimesAgency 的楊若琳，之前跟你通過電話，是負責貴公司這次的網路宣傳事宜。」

「嗯，謝謝你的幫忙，希望之後合作愉快。」

她看見他沒有破綻的笑臉，聽著他得體的回答，一時之間竟有點不能適應。

「別這樣說，這是我們的本分。」

但是她的口中，也一樣說出了這一句體面的話。

一句在從前，自己也不懂得說的客套話。

•　•　•

「吃什麼好？」

「隨便吧。」

「有什麼不想吃？」

「沒有。」

「那，」他嘆了一口氣，說：「吃麥當勞吧！」

她立即回道：「我不吃麥當勞！」

「吉野家？」

「不吃！」

「……小姐，剛剛問你有什麼不想吃，你明明說『沒有』。」

「但不等於就是要吃麥當勞與吉野家嘛。」

「那你可不可以花一點時間去思考吃什麼呢？」他苦笑。

「那你也可不可以先花一點時間思考吃什麼、再來問我

呢？」她也苦笑。

「但是每次都是我提議，找一次由你來提議也可以吧。」

「人家是想讓你作主嘛。」她鼓起腮說。

「⋯⋯那吃麥當勞吧。」

「都說不吃麥當勞！」

「又是你說讓我作主。」

「但，」她無奈地嘆一口氣，續說：「如果你了解我，你就應該會知道，我不喜歡吃麥當勞呀！」

「麥當勞有什麼不好？」

「上火，不健康！」

「唉，不想吃就算了。」他賭氣，拿出新買的 iPhone 來把玩。

「陳文傑，討厭鬼！」她罵他，但他還是不理睬。於是她又說：「你就是這樣，每次都那麼沒用，連小小的決定都做不來！」

「你可不可以不要用『沒用』這兩個字？」他突然大聲問她，與剛才懶洋洋的語氣截然不同。「我怎樣沒用了？你覺得我真的很沒用嗎？我知道，你是一直都看不起我吧？」

看到他有點生氣的表情，她心裡有一點慌，連忙說：「不，我沒有這個意思⋯⋯」

「沒有這個意思，但你卻這樣說！」

「不是我這樣說，只是你自己這樣覺得⋯⋯」

他一臉繃緊地看著她，她委屈地回看著他，兩人都沒有再說話。

後來，他們沒有去吃晚餐。

就只是各自吃了一肚子悶氣。

「這裡的食物還可以嗎？」

文傑微笑問道，同時替若琳添了一點紅酒。

「嗯，當然可以。」

若琳笑著回答。她很少喝紅酒，但也知道這瓶紅酒並不便宜；這間餐廳的裝潢，雖然並不是最高檔，但是每一道菜的水準，都無可挑剔。

「你喜歡就好。」文傑說。

「你常常來這裡吃飯嗎？」若琳問他。

「不，通常都是帶客戶來。」

「但你才是我們的客戶啊。」她微笑說。

他喝了一口紅酒，回答：「沒想到今天可以難得遇到你，覺得有點神奇，所以就想帶你來這裡，就當跟老朋友聚一聚。」

若琳呆了一下，也說：「嗯，真的沒想過會在今天遇到你，還要跟你一起開會。」

想起剛才在會議室裡，雖然自己表面上還可以保持專業，為客人講解服務詳情、制定了哪些宣傳計劃、分析網絡上最新的潮流趨勢、提供各種參考與意見，都是平時自己熟悉的工作；但客戶竟然是自己的前男友，這種事她卻從來沒有經歷過；因此在簡報的時候，她總覺得自己不如平時般地自然順暢。

「有點嚇到了吧？」文傑像是看穿了她。

「你會約我吃飯，我才是真正嚇到。」她忍不住笑了一下。

「我就是不想之後合作時還會尷尬，所以才會主動邀約呢。」

他也笑了，續說：「但我也沒想過你會赴約。」

「嗯，沒想過。」

過了一會，他問若琳：「這麼多年沒見了，你最近好嗎？」

「還不錯，如你所見，在這間公司工作了五年，現在做到這個位置，也不可以說不好。」她頓了一下，對他說：「但說回頭，你似乎過得很不錯呢，都變成總經理了。」

他呼了口氣，說：「還不只是一個名銜，什麼事情，都是要親力親為，也要聽老闆的指示。」

「起碼不用受太多氣吧。」

「哪有不受氣的工作。」他搖搖頭，問她：「對了，要吃甜品嗎，這裡的舒芙蕾很不錯的。」

「舒芙蕾！」她聽見這三個字，雙眼像是發光，但她又嘆了口氣，說：「但不可以吃呢。」

「為什麼？」

她聽著他的問題，一時之間卻不知怎麼回答。

「減肥？」他做個鬼臉。

「不，年紀大了，有時吃得太飽，胃會痛。」她無奈苦笑了一下。

「嗯，也不一定要勉強去吃，我也飽了。」

他舉起手，跟服務生示意結帳，然後對她笑了笑，又說：「下次我們再吃吧。」

若琳看著他的笑臉，心裡不知為何，竟然感到有一點失落。

●　　●　　●

「我想吃舒芙蕾啊。」

「舒芙蕾，哪有錢？」他回她。

「吃舒芙蕾而已，要很多錢嗎？」她苦笑問。

「但你想吃的是『太平館』的特大舒芙蕾，你知道『太平館』的平均消費是多少嗎？」

「⋯⋯誰叫你只顧著打電動，不去做兼職啊。」

「⋯⋯我每天打電動，最多也只是打兩個小時。」他嘆氣。

「其實，」她吸了一口氣，語氣平靜地問：「你有想過將來要做些什麼嗎？」

「將來⋯⋯跟你一起囉！」

「除了跟我一起呢？有想過要做什麼工作、有長遠的計劃嗎？」

「現在的景氣這麼差，畢業後有工作做就已經很好了，哪能夠真的可以隨自己所願呢？」

「能不能夠是一回事，有沒有準備，是另一回事啊。」

「如果準備了，但最後都不會實行，那不是白白浪費了時間嗎？」

「⋯⋯你打算以後都是這樣沒有計劃地生活、過日子，直到年老嗎？」

「我沒想這麼遠啊，能夠跟你一起變老，我就已經覺得心滿意足了。」

他以為，這一個答案會令她感到開心，但是她卻不再回話。

「對了，你有聽說過 Facebook 嗎？」他拿出自己的 iPhone，嘗試轉移話題。「Facebook 是一個網上平台，可以在上面分享自己

的近況，也可以邀請不同的朋友一起在上面玩遊戲，例如一同飼養小動物、或是經營農場，很好玩的⋯⋯你想玩嗎，不如我發一個建立帳戶的邀請到你的 Email 吧⋯⋯」

她依然沒作聲，但過了一會，還是對他說：「我已經有帳戶了，不用再傳給我。」

「咦，你已經開了嗎？為什麼你沒有加我好友？」他呆了一下，問她：「你在 Facebook 叫什麼名字？」

她又再不作聲，就只是把臉別過。他用她平時常用的 Email 在臉書搜尋，結果發現她真的已經開了一個帳戶，已經開了好一段日子，還已經加了一些朋友。

然後，他在那個養小動物的遊戲裡，看到她跟另一個男生一同飼養了一隻她最喜歡的小白兔。

而那個男生，是自己並不認識的人。

他再回望身邊的她，不知何時，她已經走得好遠好遠。

●　　●　　●

回到家裡，若琳打開電腦，連上文傑的臉書。

自從兩年前，她忽然心血來潮，解封了他的臉書之後，已經有很長時間，她沒有再瀏覽過這個頁面。

記得最初玩臉書，是跟他尚未分開的時候。

介紹自己玩臉書的人，並不是文傑，而是她後來的男朋友。

那時候，為什麼自己會喜歡上那個人，然後不到半年，就和那個人分手了？

那時候，自己為什麼又會對一個已經喜歡了三年的人，變得不再喜歡，甚至不想再見……

她看著他的臉書，他所貼的每一張相片、他的笑臉，卻找不到答案。

這些年來，臉書的版面設計也變了很多很多。

最初，哪似現在這般流行貼相片、做直播；最初，就只容許一班人在上面玩各種無聊的小遊戲，沒有按讚的功能，也沒有手機版的應用程式。

但就是因為有了臉書的出現，才讓文傑知道，他們之間也出現了一個第三者。

然後，現在也是因為要替他公司的臉書做網上宣傳，於是才讓他們重遇上。

感覺，像是繞了一個大圈，彼此都在各自的世界變得成熟了、受過傷、又學懂了更多道理，然後在這一天開始，又再聚在一起，去延續之前未完成的章節。

但她知道，有些事情是不會再跟以前一樣。

她看向放在桌上的一張合照。

有些感情，是不可能再回去。

● ● ●

「為什麼你不可以給我一個機會？」

「為什麼，你要逼我，不可以給我多一點空間？」

「……你想要怎樣的空間？」

「⋯⋯我不知道。」

「你想我不要找你，我就不去找你；你想我不要打電話給你，我就不再撥你的電話；你想我不要在你的臉書留言，我就不再留言；你想我不要傳短訊煩你，我就不再傳⋯⋯」他深深吸一口氣，續說：「但你什麼時候才會想見我，什麼時候才可以聽一聽我的感受，才可以再次留在你的身邊？」

她不說話，就只是低下頭來。

「你可以看著我嗎，就算你不想回答⋯⋯」

「你不要再逼我了，好嗎？」

她終於回答他，但他感覺得到，語氣中的冰冷，還有努力在壓抑的怒氣。

「我真的有這麼讓你討厭嗎？」他忍不住苦笑，雙手撫一撫臉。

「你知不知道，這段日子我也是很辛苦，我也有很大壓力？」

「但你每天都跟他四處去，還一起合照，我呢？我就只能夠在臉書眼睜睜地看著，自己的女朋友與別的男人風流快活？」

「我和他就只是朋友而已！」

她怒喊，淚水在同一時間，也終於潰堤。

「朋友，朋友都比我要好。」他雙眼也噙著淚水，說：「有時候，我覺得自己連你的朋友也不如。」

「為什麼你一定要提到他！根本就不關他的事！」她激動地說，然後再也忍不住，失聲哭了起來。

「⋯⋯對不起，是我不好。」

他慌忙地拿出紙巾，想幫她抹淚，可以卻被她一手推開。

「陳文傑。」

過了一會，她抬起頭，一臉倔強地，看著他。

他心裡忽然有種不好的預感。

她繼續說：「我們──」

「今天是我生日，可以不要說那句話嗎？」他打斷她，渾身都在發抖，但他知道，如果再讓她繼續說下去，一切都會再回不了頭。於是，儘管還在發抖，他還是鼓起所有力氣，對她說下去：「你……對不起，是我不好……請不要說下去，好嗎？我不會再逼你了，不會再有任何埋怨……你想見朋友，就去見吧，你喜歡和誰一起，都不要緊……只要……只要你還給我機會改好，對你好，就可以了……好嗎……可以不再說下去嗎，不要再這樣下去……好嗎？」

她聽著他的話，看著他一邊說、一邊流下的眼淚。

她從未看過他流淚，在她的心目中，他一直都是一個長不大的開朗男生。

可是如今，比起憐惜，她心裡更清楚感受到沉重的歉疚。

沉重得，讓她喘不過氣來。

「對不起，是我不好。」

她緩緩說，垂下雙眼，從提袋裡拿出原本準備送他的生日禮物，放到他的手上。

「拜拜。」

然後轉過身，提起腳步，不想再看到他臉上的表情，也不想讓他看到自己臉上的淚，不要再讓彼此繼續無止境地互相傷害。

長痛不如短痛，忍一會痛，之後就不會再痛的了。

那夜，風很涼。他一直站在原地，拿著她最後留下的小禮物，一直看著她遠走的方向。

　　一直看著，等著，但是她始終沒有回來。

　　後來，她封鎖了他的臉書、MSN，換了另一個手機號碼。

　　他也沒有再去找她。

　　也許是因為一顆心，仍留在那一個夜裡，沒辦法離開。

　　又也許對他來說，找與不找，其實已經沒有太多分別。

　　因為只要闔上眼睛，就會自然地出現她的笑臉。張開眼睛，又會再想起同一張臉。

　　只是已經不會再見，她也不會再為自己展露任何微笑。

　　「呼，終於完成了。」

　　會議完後，會議室只剩下若琳與文傑，她忍不住輕輕歡呼了一下。

　　「這次你們的計劃真的做得不錯，網上輿論、媒體的報導也是一致好評，老闆們都很高興呢。」文傑由衷地稱讚。

　　「最主要是你們願意信任我們公司、肯放手讓我們去嘗試呢。」她笑著回說。

　　「那麼，要不要一起去慶祝？」文傑問她。

　　「慶祝？想怎樣慶祝？」

　　他對她笑了一下，最後故作神秘地說：「你跟我來就是了。」

　　後來，文傑開車帶若琳去了赤柱，在海邊的一間餐廳吃晚餐。

若琳心裡有點意外，因為來到赤柱，讓她想起了一些往事，一些她幾乎都忘記了的往事。

「唔……為什麼選擇來這間餐廳？」她一臉笑，裝作如常地問。

「你不記得嗎，我們就是在赤柱認識的啊。」

她當然記得，最初認識他的時候，就是在赤柱這個地方。但是看見他回答得那麼自然平常，她心裡反而覺得有點緊張。

「……想不到你還記著呢。」

「那時候，我們在附近的海濱廣場遇上，我跟朋友猜拳賭輸了，要在廣場上找一個女生搭訕、約她去玩，如果約不到，就要請他們吃飯；我硬著頭皮上前問你，卻想不到你竟然答應了。」

說完，文傑忍不住笑笑搖頭，若琳也跟著莞爾搖頭。但過了一會，文傑忽然又問：「那時候，為什麼你會答應呢？」

「我沒跟你說過嗎？」她臉上微紅了一下，說：「那天我在家裡，覺得很悶，於是自己一個人出來散心，碰巧你又走過來約我，所以我就沒有多想……」

「我記得你有說過，我還記得。只是後來我偶爾會想，如果當時我搭訕的對象並不是你、而是別人，那之後我們的人生，又會是怎麼樣呢？是不是就以後都不會再有交集，還是在很多年後，又會再因為另一次意外而遇上？」

「……這個問題，也許想到最後，還是不會有肯定的答案呢。」

她輕輕嘆了一口氣，往窗外的海岸望去。他也順著她的目光，聽著浪聲，一時之間，兩人都沒有再說話。

過了良久，他緩緩地說：「但我還是很慶幸，可以認識你，然後還可以再次和你遇上，和你在這個晚上，與你在這裡一起看海。」

聽著他如此告白，若琳卻不知道應該如何回答才好。

他忽然又問：「去年林綺玲結婚，你有去她的婚宴嗎？」

她苦笑一下，說：「本來我是打算出席，可是那天卻突然病了，所以最後還是沒有去了。你呢，你有去嗎？」

他搖搖頭，笑說：「我以為你會出席，所以最後就沒有去了。」

「……為什麼？」

「怕你會不想見到我吧。」

他嘆氣，卻依然帶著笑意，一臉自然地看著她。

「你想得太多了。」

「或許吧，但跟你這麼多年沒見面，不知道你還會不會記著當年的不開心，不知道如果真的碰到，你會不會給我一張臭臉；所以後來就想，多一事不如少一事，與其尷尬，不如不見，反而更好。」

「哈哈，我怎會給你臭臉啦，又不是有什麼深仇大恨。我最多就只會裝作看不見你，或是客套地跟你打聲招呼……畢竟我的工作也是與公關有關啊，怎會這麼隨便去得罪人呢。」

「哈哈，我都忘了你是公關。」他搔一搔頭，看著她笑說：「或者真是我想得太多了吧。」

「但還是謝謝你，會想得這麼多呢。」

她說，心裡有一種直覺，他其實是早已經放下了他們的往事。

否則，如今又怎可以這麼坦率地，看著對方的雙眼，說著這

些事情。

　　他已經不再是十年前的他了。不會再像從前般衝動、任性、幼稚。

　　就算曾經有過多少喜歡，也已經是從前的事了。她對自己說，就只會是如此而已。

　　「嗯，對了，今晚約你來這裡，其實還有一件事想要完成。」文傑又說。

　　「是什麼事？」

　　他起身離座，說要到車上去拿一些東西，請她在餐廳裡等一下。她只好看回窗外的海岸，心裡又繼續亂想，今晚自己其實是不是也在期待著什麼。

　　如果文傑剛剛是打算提出復合，自己應該要怎麼反應？

　　但她立即搖了搖頭，苦笑一下，對自己說，都已經過去這麼多年了，他又怎可能仍然會喜歡自己？

　　以他的條件，他應該會有更多更好的選擇，也可能，他早已經找到一位適合他的伴侶，只是自己並不知道、一廂情願而已？

　　然後，就在她如此胡思亂想之際，她的耳邊響起了生日歌聲。

　　她抬起臉，只見服務生捧著一個蛋糕，走到她的面前；而文傑就跟在後面，與餐廳的其他服務生，一起唱著生日歌。她臉上再也難掩驚訝的心情，因為她實在沒有想過，他竟然還會記得，兩天之後就是她的生日。

　　「Happy Birthday。」

　　他滿臉笑意，看著她說。

　　「為什麼……你還會記得？」她忍著淚水，回望著他。

「你的生日日期這麼特別，12 月 12 日，又怎會不記得呢。」他將蛋糕捧送到她的面前，對她笑說：「快點許願吹蠟燭吧。」

「謝謝你。」說完這句話，淚水終於忍不住流了下來。

「謝什麼，都是老朋友了。」

他對她這樣說，然後她就在眾人的祝福聲中，吹熄了燭火。

●　　●　　●

「生日快樂！」

「謝謝你啊！」

「你喜歡這個蛋糕嗎？」

「當然喜歡。」

「不會嫌太甜嗎？」

「不會，我覺得很好啊。」

「是嗎……」

「只要是你做的，就一定好吃。」

「唉，你都不是認真的！」

「我是認真的啊！」他抓著她的手，說：「以後你每年生日，我都一定會替你慶祝！」

「還有呢？」

「還有，會為你準備生日禮物！」

「好啊，那以後每年生日，無論再忙，我們都一定要為對方準備生日禮物慶祝！」

「嗯，就這樣。」

「不能食言啊。」

「怎會？」

「就算將來多忙都好，都不能忘記！」

「你真的好囉嗦呢。」

●　●　●

　　後來，文傑開車送若琳回家。她的興致很好，一直跟他分享
這些年來發生過的趣事。

　　「你有去過富士山嗎？」

　　文傑微笑搖了搖頭。

　　若琳說：「我一直都想去富士山，不知為何，第一次看到它
的相片，就很想親自走上這座山，看看山上是怎樣的風光。」

　　「記得你以前就很喜歡爬山，還說香港的山不夠高。」

　　「是啊，你還記得。」若琳開心地笑了一下，又說：「兩年
前，我訂了機票去東京，原本打算去爬一次富士山，但去到之後
才發現，冬天是不適合登上富士山。從相片中，總是會看見富士
山上的白雪，但原來最適合登山的月份，卻是不會下雪的七月至
八月。」

　　「富士山這麼高，上山之後氣溫會急降，體力消耗會十分大，
所以冬天登山真的很危險。」

　　「嗯，我後來也知道了。不過也是因為這樣，我才明白，有
些事情並不是一定要真的去嘗試過，才是真的好。」

　　「為什麼這樣說？」

「因為不能登山，所以我們改去箱根泡溫泉，結果反而在箱根親眼看到富士山頂的白雪景致呢。那時候我才明白，自己並不是真的想登上富士山，而是想要親眼看到那個景致，就只不過是這樣而已。」

文傑默然了一會，說：「有時有些事情，靠近了反而未必好，可能還會有更多的辛酸；留下距離，隨時去欣賞、或懷念，反而可以自在一些。」

「就是這樣呢。」

「嗯，到了。」

若琳抬眼一望，見已經來到自己的家。

「謝謝你送我回來，也謝謝你替我慶祝生日。」她說。

「小意思。」

「那，」她頓了一下，問：「我們以後還會再見嗎？」

「我想，公事上，我們總有機會再合作的。」

他依然保持著微笑，她卻聽得出，他這句話裡的意思。雖然有點失望，但她還是禮貌地笑了一下，對他揮揮手，然後下車離開。

但是在她關上車門之前——

「祝你和你的未婚夫以後都會幸福美滿。」

若琳愣住，回頭轉身。

想再確認文傑說的話，卻見車門已經關上，車子發動，不一會就消失於夜色之中。

她看著他離開的方向。

心裡想，原來他早已經知道，自己的婚訊。

原來，就真的只是自己想得太多。

她輕輕呼一口氣，又再說了一聲「謝謝」，然後轉過身，回去自己的家。

• • •

夜深，文傑開車回到那個海岸。

下了車，打開後車廂，看著車上一個很大的紙盒，默然。

紙盒裡，藏有十份小禮物。都是這些年來，他為她所準備過的小禮物。

第一年，是當時最新款的音樂播放器，她喜歡聽歌。

第二年，是一件手織的毛衣，她當時去英國留學，那邊的天氣比較冷。

第三年，她回到香港找工作，於是他準備了一個女用的公事包作禮物。

第四年，他聽說她工作得不開心，於是就買了一本勵志書，希望能夠讓她重拾自信。

第五年，她失戀了，傷得很深，他找到一座小小的紫水晶，想助她改善一下戀愛運。

第六年，她換了工作，聽說與網路有關，他就買了最新型號的 iPhone，希望會對她有幫助。

第七年，朋友說她熱戀中，他就買了一個精緻的相框，讓她可以用來放合照。

第八年，聽說她要登富士山，於是就買了一件雪衣給她，希

望她不會冷到。

第九年，知道她接受了男朋友的求婚，最後他買了一張賀卡，寫上對他們的祝福。

第十年⋯⋯

他拿出第十年的禮物，是一個小盒子。

盒子裡，放著一副耳機，是若琳當年最後送給自己的生日禮物。

這副耳機已經陪了他十年，平時他不捨得用，原本他打算在這一晚，將它送回給她。

原本他打算，當自己離開了餐廳，就將這個紙盒交給服務生，連同一早已經寫好的信、這些年來自己有過的心情，一併送給她；然後，以後，都不要再見。

原本他以為，只要這樣做，自己就可以真正死心，以後就不會再為這一個人，繼續有太多執迷；再不會因為她的生日就快來了，而想得太多，然後每年到了她的生日，又再想到了失眠。

但是這夜，當他們重回這個海岸，可以一同把酒談心、聽風看海，他忽然覺得，此刻的自己其實已經無比幸運；那又何必再執著，要將這些禮物送出去，又何必因為自己的看不開，而要讓她有半點難堪？

即使她最後都不會知道或明白，自己這十年來有過的心情，但只要可以看到她的笑臉，只要知道她會過得幸福，就算以後無法再擁抱、哪天又會再變得陌生，那又有什麼關係。

再難過，這十年還是這樣過去了。

又為什麼不可以叫自己學會死心。

　　　　　● 　● 　　●

　　「你說呢，十年後你還會喜歡我嗎？」

　　「為什麼又問這些假設性問題啊？」

　　「問一問，又有什麼所謂啊？」

　　「這些問題本來就不用問。」

　　「為什麼不用問……啊，我知道了，你不再喜歡我了！」

　　「我反而想知道，為什麼你會有這種推論……」

　　「那你十年後會不會還喜歡我啊？」

　　「不止十年、二十年，我以後都只會喜歡你。」

　　「……說得這麼輕易，很難令人相信啊。」

　　「……小姐，那我要怎樣來證明呢？」

　　「唔，以後每隔十年，你都要來這裡，陪我看海。」

　　「只是這樣？每隔十年？」

　　「嗯，可以嗎？」

　　「可以啊。」

　　「到時我不會提醒你的喔，如果你膽敢忘記了，哼哼，看我理不理你。」

　　「……你自己不會也忘了就好。」

　　　　　● 　● 　　●

　　他看著海，輕輕呼了口氣。

　　希望明年今日，不會又再失眠。

THIS
AIN'T
A
LOVE
SONG

只望十年之後，還可以再見，就已經足夠。

十 年

|作詞|林 夕　　　|作曲|陳小霞
|原唱|陳奕迅

如果那兩個字沒有顫抖
我不會發現　我難受
怎麼說出口　也不過是分手

如果對於明天沒有要求
牽牽手就像旅遊
成千上萬個門口
總有一個人要先走

懷抱既然不能逗留
何不在離開的時候
一邊享受　一邊淚流

十年之前　我不認識你
你不屬於我　我們還是一樣
陪在一個陌生人左右　走過漸漸熟悉的街頭

十年之後　我們是朋友
還可以問候　只是那種溫柔
再也找不到擁抱的理由　情人最後難免淪為朋友

懷抱既然不能逗留
何不在離開的時候
一邊享受　一邊淚流

十年之前　我不認識你
你不屬於我　我們還是一樣
陪在一個陌生人左右　走過漸漸熟悉的街頭

十年之後　我們是朋友
還可以問候　只是那種溫柔
再也找不到擁抱的理由　情人最後難免淪為朋友

直到和你做了多年朋友　才明白我的眼淚
不是為你而流　也為別人而流

親愛的，你怎麼比我還要表現得彆扭？

每次見面，講每句話都小心翼翼，惟恐踩到我心裡地雷似的，沒從前半點灑脫大方。早知你變成這樣，就好了，我會節省許多眼淚，詭異的是，我不流過這些淚，你也不會倒過來緊張我。若有不知情者在外窺見，一定以為是你很愛我，而我是毫無所謂那個。

只有愛一個人，心裡才會滿佈地雷，連皮膚都包裹了一層敏感的雷達網。只是，我早已發出過無數通告，戒嚴結束了，和平很久了，你怎麼就不相信呢？請問上次我臉上漲紅如皮膚過敏時，房價有沒有炒得那麼紅火？

我不想說：「我早就放下了，你怎麼還在揹著從前覺得很吃力的包袱呢？」我尊重你經常表達不想負重那種誠懇，為什麼你就不相信我的誠懇呢？

所有感傷遠看都帶有荒謬的喜感，真有道理。最初我扭扭捏捏的告白，你半信半疑，然後半推半就，就這樣開始了一場愛的角力戰。好不容易，戰敗的我，卸甲立地成了平和份子，好了傷疤沒忘了痛，但也不會感到痛。怎麼這幾年來，換上了坦蕩蕩赤

裸裸的對你告白，我真的沒事，我們再見亦是朋友，竟然比表白很愛很愛你還要艱難，讓你更半信半疑？

我那時聽得多愛你一萬年，迷信什麼堅貞不變，你是不吃這一套的。怎麼當我終於被你影響，變成了你，你又懷疑真有人會愛你一萬年？

一萬年太短，十年太長，愛到起雞皮疙瘩的感覺，只爭朝夕。人生沒幾個十年、十年人事幾翻身，都是老生常談，說來輕快；三千六百五十幾日的現實生活，卻不是說說就過的。人來人往、事生事滅，希望失望，喜怒哀樂在心裡停留的時間越來越短。我對你的感覺淡薄不如初，也不是我所願意的啊，正如愛與不愛，也不是刻意就可以的。

有時我很不厚道的想，你不願意相信我變成一個熟悉的陌生人，在你面前回復初見時平起平坐的姿態，其實是不甘心，覺得十年就能歸零，原來你沒有我、以及你自己想像中吸引，因而傷害到你尊嚴。

有人寫過：「若無其事，原來是最狠的報復」，很多人視為準則，我不是，我沒有，我不會，若你真愛過我，至少會相信我心光明，唯一暗角只是因痴愛而生的眉眉角角。

有時我更不厚道的想，現在如此這般的我，說不定會輪到你

不願放手，所以現在才會──不過，不會了，十年，我們分開比在一起的時間還長，不可能了。

　　所以，我最後一次真誠的對你表白，我真的把你當成比普通朋友特別一點的朋友，有些事特別不方便聊，其他可以分享如舊，問候就只是問候，沒別的意思。如果你想找個擁抱的理由，再等十年，老相識那種若無其事的溫柔，就更不會怕有後遺了。

　　關於後遺，我還想跟你講，十年來，我明白了一點，誰無眼淚，眼淚為你而流，總比為別人或別的煽情爛劇流淚值錢；你聽了也別驕傲，因為其實我淚點很低的，這個，我離開了你才知道。

　　以上，我說的每個字連標點符號都是真的，報告完畢。

165

THIS
AIN'T
A
LOVE
SONG

TRACK 10

睡在一起的知己

啊你　是我青春的標記　是會睡在一起的知己
而我　還有什麼不滿意　愛下去也是天經地義
是你　讓我過得更容易　讓我忘記要面對自己
而我　留下來有點吃力　離開卻又欠一點點勇氣

站在門前，她看著防盜孔所滲出來的燈光。

一秒，兩秒，半分鐘，一分鐘⋯⋯最後，她輕呼一口氣，還是插進鑰匙，回去屬於他和她的家。

● ● ●

「回來了嗎？」

「你怎麼還不睡呀？」他愣住，看著她一雙倦眼。

「在等你回來嘛。」她吐一吐舌。

「傻，有什麼好等的，我說了要加班嘛。」

「我不管，我要每晚都等你回來！」

「救命。」他慘叫一聲，但笑意在臉上蔓延。「換作我是你，我就一定不等你⋯⋯」

「你說什麼！」

「什麼都沒有。」

說完，他就一溜煙走進臥室。然後，又展開了新一晚的你追我打。

● ● ●

走進不算寬敞的客廳，她見到他坐在餐桌前看小說。

那不知已經看過他讀了多少遍，金庸的《天龍八部》。

「我回來了。」她拋下鑰匙。

他沒應聲，只頭顱微微向上，似是在回應；她留意到他的雙

耳塞著 iPod 的耳機。

　　她心裡淡然，也不是第一次了，最近她晚歸，他都不太跟自己說話。

　　走進臥室換衣服，看著那張大得睡得下三個人的雙人床。

　　兩個枕頭，相隔一個身位的空間。

　　她臉上泛起一點苦。

•　•　•

　　「你不覺得……」

　　「嗯？」她整理著床單。

　　「這張床真是太大了一點嗎？」

　　「大一些又有什麼問題？」她回頭，見到他那哭笑不得的表情。

　　「但也沒理由大得，佔去整個房間的五分之四的位置呀！」

　　「喂，」她雙手扠腰。「當初是你自己貪小便宜、才去買這張二手床的。」

　　「是你在一旁慫恿，說什麼可以在床上打架，我才會去買呀！」

　　「你好像想現在就試一次？」她目露凶光。

　　「怕你？」話未說完，一個枕頭就重重落在他的臉上。

　　「傻瓜！」

•　•　•

從浴室出來，他依然坐在相同的位置，讀小說。

沒有抬眼，彷彿小說的世界比眼前人要吸引人。

她心裡輕輕呼氣，走進廚房。

是什麼時候開始變成這樣。

相戀了三年多，同居了三年。

最初常用的廚房，廚具已不再多用。

壞了的洗衣機也久未修理，髒衣服變成直接拿去送洗。

想當初，大家都為這些小節，而費過不少心神。

而現在，他不會理會，她也不想再費心。

只是，當她打開冰箱，仍然會看見一份水果沙拉。

一份滿是鳳梨的水果沙拉。

• • •

「吃不吃晚餐？」

那晚，他拿起鑰匙，這樣問她。

「不吃了。」她看著電腦，正在臉書與朋友傳短訊。

「減肥嗎？」他笑，有點淡然地。

她也沒答話，只繼續專注螢幕。

甚至沒有留意到關門、開門的聲音。

直到眼前一個晃了又晃的盒子，阻礙了她的視線。

「怎麼了？」

她微嗔轉頭，見到他有點無奈的表情。

他輕聲說：「先吃些東西吧。」

那聲線讓她有些歉疚。

「是什麼東西？」她將視線移到那盒子上。

「水果沙拉。」

他替她打開盒子，鳳梨、蘋果、蕃茄、馬鈴薯與葡萄，琳瑯滿目。

「謝謝你啊。」

她道謝，用叉子吃著一塊蘋果，堆起滿足的表情。

雖然，她不怎麼喜歡吃蘋果。

- - -

她坐在他對面，吃著這晚的宵夜。

他依然聽著 MP3，看著不再新鮮的故事。

兩人都沒有說話。

一片又一片的鳳梨被消化。

一頁又一頁的小說被翻過。

一秒又一秒的光陰在溜走。

一點又一點的疏離在累積。

「睡吧。」

她默默闔上未吃完的沙拉盒子，說。

他不置可否，依然沒有看她，沒有出聲。

這晚又是如此，她心裡嘆氣。

她環視了屬於他們的這個家一遍。

也許⋯⋯

．　．　．

「願意來我家住，那是不是代表，某人遲早會願意跟我結婚呢？」

「……你想得美。」

「難道……不是這樣的嗎？」

「我只是想節省一點房租，才決定跟你同居而已。」

「……」

「傻瓜。」

「哼！」

「先生，你想求婚也不是這樣就算數吧？」

「……什麼求婚呀？我何時有求婚？」

「……笨蛋！」

然後一記枕頭摔，又毫不留情地朝他臉上施展。他吃痛，於是立即朝她的腰肢搔癢。

那張大得過分的雙人床，又再次變成兩人玩鬧的戰場。

．　．　．

也許，那時的期望，始終不可能實現。

關上床頭燈，她獨自躺在大得孤單的雙人床上，思緒漸漸遠離。

房外仍是亮著微燈，仍是沒有一點聲音。

夜已深，睡床上的她卻入不了眠。

　　　　　●　　●　　●

凌晨。

她悄悄地起床，看著身旁的他，聽著他那均勻平靜的呼吸聲。

然後，她走到漆黑的客廳，拿起餐桌上被月光映照的 iPod。

最近回家時，他都一直在聽的那台 iPod。

她拿起白色的耳機，按下 play 鍵。

是張學友與梅艷芳合唱的，〈相愛很難〉。

　　　　　●　　●　　●

「喂。」

「怎樣？」

「為什麼你會喜歡我啊？」

「喜歡你夠傻囉。」

「……沒有其他了嗎？」

「真要說嗎？」

「說吧。」

「和你在一起，不知為何，我就會感到自己充滿勇氣。」

「勇氣？」

「真的啊，那時候當你向我表白，說喜歡我、牽著我的時候，我心裡突然充滿一種感覺，好想與這個人一起走下去，不論將來有任何艱苦，我都要與你繼續走下去……」

「咦，也就是說在我向你表白之前，你還不是真正喜歡我的

嗎？」

「……傻瓜。」

「什麼？」

「傻瓜！」

• • •

歌曲播完，又自動回轉去同一首重聽，循環不斷。

她苦笑了一聲。

摘下耳機，與 iPod 放回之前的相同位置。

彷彿從未被別人觸碰過……

她睡回床上，靠在他的身邊，學著跟他一樣，呼氣、吸氣。

彷彿明天醒來，一切都不會改變，又可以再一次重新開始

……

他輕輕睜開眼，又再默默的闔上眼。

呼氣、吸氣。

彷彿這就是兩人之間，最後的默契。

睡在一起的知己

| 作詞 | 林夕　　　| 作曲 | Andy Willcocks
| 原唱 | 林凡

我得感謝你　陪著我孤獨　讓我沒有空孤寂
因為有你　我有了出息　不用被陌生人憐惜

雖然已經愛到麻　還是忍不住在一起

啊你　是我青春的標記　是會睡在一起的知己
而我　還有什麼不滿意　愛下去也是天經地義

有了你這話題　就沒有空隙　發現這生活有何問題
特別在夜裡　不用再猶疑　天大地大還能到哪裡

就這樣不忍心挑剔　就這樣不捨得放棄

啊你　讓我過得更容易　讓我忘記要面對自己
而我　還有什麼好懷疑　雖然愛還有別的意義

如果沒愛情是可恥　我寧願為你而哭泣

啊你　是我青春的標記　是會睡在一起的知己
而我　還有什麼不滿意　愛下去也是天經地義
是你　讓我過得更容易　讓我忘記要面對自己
而我　留下來有點吃力　離開卻又欠一點點勇氣

TRACK 11
百年孤寂

背影是真的人是假的　沒什麼執著
一百年前你不是你我不是我
悲哀是真的淚是假的　本來沒因果
一百年後沒有你也沒有我

那是一個很真實的夢。

真實到，明明知道是一個夢，但還是相信，這個夢會一直繼續下去。

• • •

我和何錦源，從中學一年級起開始同班。最初幾年，我們都不太熟識，就只記得他的學號、他喜歡打籃球、放學後總是跑到球場打球，僅此而已。

那時候，和他一年不知道有沒有交談過十句話。原本以為，他就只是普通的一個中學同學，畢業之後也不會再深交，最多可能在中學同學聚會裡，才會碰到面、點一點頭、打一聲招呼，就只是如此而已。當時又怎能想像到，將來有一天，我們每一天都會交談幾千百句、並樂此不疲。又怎會相信，他是我生命中最重要的一個人。

中學畢業後，我考上大學，認識了第一個男朋友。他叫Alvin，跟我讀同一個學系。Alvin是一個文靜的男生，對我很好，我也很喜歡他。只是相處久了，就發現彼此的性格並不適合——我比較喜歡熱鬧，他比較喜歡靜。

喜歡靜，並不是缺點，很多時候我會欣賞他的沉默。他不會對我所做的事情有太多意見，我跟朋友上街，他不會多問；我一個人去法國旅行，他也不會有任何抱怨。他很放心我，也信任我的獨立，讓我有充分的自由，去做想做的、喜歡做的事情。我很感恩可以遇到這樣的一個男朋友。

只是有時候會覺得，他不能跟我一起經歷，一同成長。

雖然我們常常都會在校舍裡碰面，但除此之外，我們共同的興趣不多。下課後，他喜歡在圖書館裡看書，不會像其他男同學去打球、玩遊戲機、與朋友聯誼、或參加社團活動；而我，就通常窩在社團裡，跟同學朋友一邊工作一邊玩樂、認真地吵鬧。

然後到傍晚，Alvin 就會來社團接我，送我回家。他不會主動問我那天做過什麼、想過什麼，很多時候都是由我自己主動告訴他，如果我不說，他也就不會問。

到了假期，我們會找間咖啡店閒坐，看看書、或一起用手機看韓劇；偶爾會去看一場電影、去爬山，或到海邊走走。我原本以為，以後就會與他這樣子度過，就算不驚天動地，但細水長流，也是一種珍貴的幸福。直到大四的時候，我在學校的圖書館，重遇上何錦源。

那天，何錦源的身邊有著一個女生，看神情，應該是他的女朋友。我原本是想去找 Alvin 吃飯，所以即使看到了何錦源，也沒想過要跟他打招呼，打算走過便算。只是何錦源卻看見了我。

「譚思敏！」

我回頭，只見他一個人追了上來，一臉在笑。我一時反應不來，勉強對他笑了一下。他見到我笑了，於是就說：「真的是你！我原本還在猶豫是不是認錯人，但看到你的背影，我就覺得應該是你了！」

我有點不相信，問他：「為什麼會認得我的背影？」

他笑答：「因為你以前是坐在我前兩排的位置嘛，你記得嗎？」

如果他不說，我都差點忘記了。

「原來如此。你來這裡做什麼呢？」我問他。

「我陪朋友來找資料。」

「嗯，我也約了人，不打擾你了。」我對他說。

「啊，好的，拜拜。」

他爽快地與我揮揮手，然後轉身離開。我繼續去找 Alvin，又忍不住回頭看看何錦源，見到他走回剛才的女生身旁，他的右手輕摟著女生的腰際。我微微笑了一下，轉過頭，沒有再看下去。

那天晚上，臉書收到何錦源的交友邀請，我按鍵接受了。過了一會，他就傳來訊息，問：「我正在辦一個中學校友聚會呢，你會想參加嗎？」

原來不打算參加，因為那時候，我正在趕著寫畢業論文。

但那天晚上，和他在 messenger 裡，我和他卻聊了一整晚。話題包括，中學時誰與誰曾經談過戀愛、男同學們之間發生過哪些趣事、某老師總是針對某同學、男生們如何反擊、畢業前旅行的宿營怪事，還有誰已經奉子成婚……有些是我聽說過的，但他知道的，卻比我詳細得多；漸漸我們談到彼此的近況、生活、學業、未來的打算，漸漸我忽然發覺，已經有很久很久沒有過，在凌晨跟另一個人用短訊聊個不停。

後來，我和何錦源都養成每晚在短訊裡聊天的習慣。主要是商量中學校友聚會約了什麼人、安排在什麼地方舉行，偶爾會亂聊有趣新聞無聊笑話、彼此的日常生活感情狀況，然後往往，就會變成交換兩個人之間沒間斷的閒談對話。他總可以在兩秒之內

就回覆我的短訊，後來我苦練輸入法，反而比他更快，才剛送出上一個訊息、就已經輸入下一個；很累，但很好玩，而最難得的是，竟然可以遇到一個人，每夜都願意陪你這樣無聊地玩。

偶爾我們也會約出來見面，看看不同的餐廳或場地，四處隨意逛逛、吃下午茶，或是到公園呆坐閒聊，沒特別一定要去什麼地方、做什麼事情；但與他相處，即使說著最無聊的笑話，總是可以感到無比的自在，還有一種被完全了解的安全感。所以常常，我們會在不知不覺間聊到忘了時間，我們都要趕末班車回家，然後回到家裡，又繼續無止境的短訊夜談。

之後在校友聚會裡，我和何錦源變成了聚會的主持人。以前在班裡，我本來並不是突出的一個，但那次和他一起主持聚會，卻讓我可以用一個比較自信的態度，去重新回望自己的過去；而且他總是會在旁提點、幫忙我，明明他已經有很多事情要負責，他還可以在百忙中說幾個笑話、幫我炒熱聚會氣氛，沒有他，我真的應付不來；但也很慶幸因為有他，我才知道更多的可能性，自己原來還可以做更多不同的事情。

所以當聚會完結後，他約我要不要再喝一杯才回家，我沒有多想，就一口答應了。

然後在那個晚上，他跟我聊到，他與女朋友之間的感情問題。他們在一起已經三年，感情很好，但他總是覺得，女朋友並不了解他，兩人的價值觀差得太遠；雖然如果沒有太大問題發生，他還是會選擇與她繼續一起走下去，只是偶爾，他還是會感到寂寞，會想，是不是就應該這樣下去。

然後我跟他說，其實我跟 Alvin 也有著同樣的感覺。

然後……他看著我，牽起了我的手。

我輕輕掙開，他說對不起，我說沒關係。

我對他說，很開心，可以在畢業的這一年，重遇他這一個朋友。

他也說，他也很開心，這段日子，有我去陪他辦這一個中學聚會；他一直都想成為那一個，可以召集老朋友一起出來聚會的人，如今終於做到了。

那一晚，是我人生之中特別的一晚。雖然沒有發生什麼，但那破曉、那清晨的海風、那一份帶著睡意的早晨全餐、那一抹不捨得但知道還是要告別的笑容，我永遠都不會忘記；我相信，他也是一樣。

之後，我和何錦源仍然是一對好朋友。雖然不會常常見面，大約兩個月才會碰面一次，但每年對方生日，我們都會找對方出來吃飯慶祝；每次出國旅行回來，也會為對方帶伴手禮。偶爾他感情失意，我也會聽他的心事、做他的軍師；偶爾，他也會教我如何給男朋友驚喜、如何引導 Alvin 變得健談一點。後來，我們分別都結婚了，我們和對方的另一半都成為真正的朋友，閒暇時會到對方的家裡作客；生了小孩之後，我們兩家都會一起辦親子活動，例如去草地野餐、去騎單車、去迪士尼，甚至一起去旅行，看著對方的孩子成長，伴著彼此一起經歷更多，我們都變成了對方真正的家人。然後，最後，我們一起變老，白頭到老……

每次夢到這裡，我都總會清醒過來。

然後總是忍不住，看看自己的身邊。

沒有人。

這一次，也是一樣。

我拿起手機，看看有沒有短訊。

就只有老闆吩咐我要做的事、就只有同事群組裡的趣聞分享。

我忍不住苦笑一下，問自己還期待什麼，為什麼還要作這樣的夢。

打開臉書，點開何錦源的臉書帳戶，我依然不能看見，他最近的貼文與更新。

已經兩年了。

我一直都不明白，為什麼在那夜之後，這兩年來，和他的道路會完全地錯開，比一個陌生的朋友還要陌生？

是不是我真的做錯了什麼？

也許，是的。

那夜，他牽起了我的手。

但我沒有拒絕，只是任由他牽著。

我知道，他有女朋友；我也記得，我有男朋友。

我清楚，其實這並不應該。

但是我還是任由他一直牽著，然後，擁著，最後，吻著……

我都沒有拒絕。

是因為，我心裡一直希冀，和他的再遇，會為自己本來編排好的人生，帶來什麼天翻覆地的改變？還是我只不過想證明，他對我有多少喜歡，那些短訊裡一直似明未明的暗示、溫柔與甜蜜，到底是我自己想得太多，還是他真的也有過一點認真？

但是我不能夠得到一個，肯定的答案。

那夜，我們在尖沙咀的海濱，對著夜色，一直相擁、接吻。彼此沒有太多說話，就只想在對方身上，尋找多一點溫暖與安慰。直到破曉到來，直到他的手機，收到了一則短訊。

　　「起床啦傻豬　^^」

　　直到現在，我依然記得，他看到短訊時的目光，是有多麼溫柔。

　　之後，我們就沒有再擁抱過對方，雖然他依然牽著我，帶我去麥當勞吃早餐，但他一直都很少說話，就像是一個做錯了事的小男孩一樣。

　　我明白的，因為我想，在他眼中，我大概也像是一個做錯了事的小女生。

　　最後，他送我搭車回家，我微笑著跟他說：「今晚的事，就當作沒有發生過吧。」

　　他笑了一下，笑得有點勉強，只是他卻這樣說：「但我是認真的。」

　　認真。他會這樣說，其實我已經心滿意足。

　　「謝謝你的認真。」我看著他，緩緩說下去：「再見。」

　　「嗯，再見。」我鬆開了他的手，搭上巴士。他傳來短訊說，對不起。

　　我看著車窗外，對他微笑了一下，然後回他一句：傻瓜，我們以後都是好朋友。

　　他接著便回答說：好，友誼長存。

　　我再回他一個笑臉符號，只見他已經轉身離開，沒有再立即閱讀我的短訊。

然後，當巴士開出，我還是忍不住流下了淚。

兩天後，我決定跟 Alvin 分手。

Alvin 一直追問原因，我對他說，是我不好，並不是他的錯，也不是因為任何人。

真的，不是因為任何人。

如果沒有何錦源，我最後還是會和 Alvin 分開的。

而且，和他分開，也不是因為何錦源。

我沒有告訴何錦源，和 Alvin 已經分手的事。不想給他壓力，也不想讓他以為，我要在他的身上得到任何名分。

我就只想可以繼續這樣下去，能夠有一個真正了解自己的人，與自己一起成長、經歷更多；即使最後我不能夠成為他的另一半，也不能夠光明正大地去思念，這一個人。

但至少，我曾經得到過他的認真，至少可以和他一直友誼長存。

我是這樣祈願。

但那天之後，我與他越來越少短訊；以前的無間斷，漸漸變成他有空才會回覆。有時想約他，他也總是很忙。等到終於可以和他見面，卻總是感覺得到他的不自然，雖然依然會笑，但不是開心的笑；雖然還會溫柔，但不是主動的體貼……

然後，我們兩人之間，開始多了一些不能說的話題。例如他的女朋友，例如我的男朋友。後來他還是從其他人口中知道，我和 Alvin 分開了。他沒有直接問我原因，但從他的目光中我可以猜到，他不希望自己成為我們分開的那個原因……

所以，才要開始與我疏遠嗎？

所以，我問得太多、對他太過關心，也只會對他造成困擾吧？

我明白的。

因此，我叫自己不要太計較、太在意，只想默默地安守，去做他的一個好朋友，默默地等待，他有天終於會明白我的感受與心意。

但，越是等下去，和他的距離也越來越遠。

畢業後，找到工作，他變得更忙了。最初，我們有時還會見面、吃一餐晚飯，但漸漸，一年都未必會碰面一次。在臉書或短訊裡，很多時候都是我單方面跟他說生日快樂、聖誕快樂、新年快樂、情人節快樂，每一次、每一年，他都是一樣沒有回覆。偶爾出席老同學聚會，也總是碰不到他，就算打電話給他，很多時候他也是沒有接聽。

其實我還在期待什麼……

直到一天，忽然收到李心儀的短訊，她是我中學時班上公認的班花。她約了我們一群女同學到一間餐廳，然後跟我們宣佈，她要結婚了，而且對象還是我們班上的人。大家都緊張地問她的未婚夫是誰，她幸福地笑了一下，然後回答大家，是何錦源。

「咦，竟然是何錦源，是何時開始的？」有同學問。

「是一年前聖誕節的時候。」李心儀微微笑了一下，掩不住的甜蜜。

「這麼神秘啊你們。」

「我們都想低調一點嘛。」

「難怪常常看到他在臉書貼美食照，我就猜他最近是不是與

誰戀愛了。」

「哈哈，是的，他經常帶我去試新餐廳。」

「你們是怎麼在一起的？」

「其實……唔，怎麼說呢，你們記得兩年前的老同學聚會嗎？」

「記得啊。」

「在聚會之前，我們有一次偶然在街上遇見，後來交換了臉書帳號，最初也只是在短訊裡交談。那時候，他跟當時的女朋友一直在冷戰，於是我偶爾會在短訊裡陪他說話、替他打氣；但不久之後，他們還是分開了，那時我覺得他很可憐，有空的時候我都會陪他看看海、四處逛，可能就是從那時開始，漸漸喜歡上他吧。」

「有些感情，總是開始在不知不覺之間呢。」

「嗯，後來他對我展開追求，最初我還有點猶豫，但他做了很多事情給我信心，讓我知道他的認真，這樣一直維持了大半年，然後在一年前的聖誕節，我就答應和他在一起了……」

我沒有插話，讓自己努力保持笑臉。

然後想起，那一場校友聚會裡，一直在我身邊的何錦源，他的目光，總是會放在什麼人身上。

然後又想起，最初在籌備及約人的時候，我說我負責約女同學，他卻提醒，不用再約李心儀了，因為她已經答應參加。

後來，定好了地點、時間，都是由他來通知李心儀。

後來，聚會完了，他約我去喝酒；但在這之前，他是從李心儀遠去的方向，走來我的身邊……

我不是他唯一的選擇。

如果沒有我，還是會有李心儀。

但如果有李心儀，就會沒有我。

也不需要再關心理會顧及思念我這個人。

原來，我只是其中一個暫借溫柔的人，原來。

借完了，就應該要離開，離得越遠越好。開心過、溫暖過，我又何必還要太執著，他有沒有回望；為什麼還要太認真，他有沒有說謊……

何必。

後來，我沒有參加何錦源與李心儀的婚禮，我知道，他不會希望見到我出席。

也知道，如果想為他好，我是不應該再這樣傻下去……

其實最傻的，不是仍然喜歡一個不能喜歡的人，而是你相信自己還有可能，和他繼續做一對無所不談的朋友，就像最初你們認識的時候一樣。

但其實甚麼都已經改變。他早已逃得很遠很遠，為甚麼我還要用微笑來帶過……

是這樣吧。

只是後來，我偶爾還是會作那一個夢。

那是一個很真實的夢。

真實到，明明知道是一個夢，但還是相信，這個夢會一直繼續下去。

相信總有一天，他會明白我的心意，相信到最後，我們都會變成對方真正的家人。

不奢想能夠百年好合。

只祈望可以白頭到老。

(▶)

百年孤寂

| 作詞 | 林夕　　　| 作曲 | C.Y.Kong / Adrian Chan

| 原唱 | 王菲

心　屬於你的
我借來寄託　卻變成我的心魔
你　屬於誰的
我剛好經過　卻帶來潮起潮落

都是因為一路上　一路上
大雨曾經滂沱　證明你有來過
可是當我閉上眼　再睜開眼
只看見沙漠　哪裡有什麼駱駝

背影是真的人是假的　沒什麼執著
一百年前你不是你我不是我
悲哀是真的淚是假的　本來沒因果
一百年後沒有你也沒有我

風　屬於天的
我借來吹吹　卻吹起人間煙火
天　屬於誰的
我借來欣賞　卻看到你的輪廓

都是因為一路上　一路上
大雨曾經滂沱　證明你有來過
可是當我閉上眼　再睜開眼
只看見沙漠　哪裡有什麼駱駝

背影是真的人是假的　沒什麼執著
一百年前你不是你我不是我
悲哀是真的淚是假的　本來沒因果
一百年後沒有你也沒有我

背影是真的人是假的　沒什麼執著
一百年前你不是你我不是我
悲哀是真的淚是假的　本來沒因果
一百年後沒有你也沒有我

背影是真的人是假的　沒什麼執著
一百年前你不是你我不是我
悲哀是真的淚是假的　本來沒因果
一百年後沒有你也沒有我

TRACK 12
假如讓我說下去

我的天　你可不可以暫時讓我睡
忘掉愛　尚有多少工作失眠亦有罪
但如果　但如果怨下去　或者
傻得我　通宵找誰接下去
離開　不應再打擾愛人　對不對

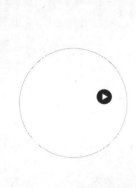

「喂。」

「嗯，什麼事？」

「睡了嗎？」

「快睡了，有事嗎？」

「沒事，只是想找個人陪我講電話。」

「都夜了，下次再談好嗎？又或是，我們找天出來晚飯，到時再談？」

「嗯，好。不好意思，不打擾你了。」

「嗯，晚安。」

「晚安。」

我掛斷電話，打開手機的通訊欄。

一直滑、一直滑，搜尋一個願意陪我講電話的人。

「喂。」

「喂。」

「你好嗎？」

「還好，很久沒有聽到你的聲音了，有事嗎？」

「沒什麼，只是很久沒聯絡，想找找你而已。」

「嗯，不如找天碰面吧？現在都晚了……」

「對不起。」

「別說對不起，只是我有些工作在忙。」

「我明白的，那我不打擾你了，拜拜。」

「拜拜。」

又再掛斷電話，我將手機放到床邊。

躺在床上，看著白色的天花板。

已經過了零時，但是自己依然睡不著……

已經有多少個凌晨，都會睡不著。

明明已經很累，明明每天的工作，已經把我的精神體力都透支。

但是不知道為什麼，始終沒有半點睡意。

有多少天，都是這樣眼睜睜地看著天花板，胡思亂想，叫自己不要再胡思亂想。

問自己，為什麼還要想下去，為什麼不能夠好好安睡。

越想，越清醒。越睡不著，越責怪自己。

以前都不會這樣，就算再怎麼煩惱，亂想一會，就會自自然然進入夢鄉。

但對我來說，那也似是遙遠的以前了。

有人說，睡不著不是罪。

但睡不著，無止境地令自己變得更困頓，卻有一種在受罪的感覺。

然後又會問自己，為什麼會這樣，為什麼會變成這樣……

試過吃安眠藥，試過可以闔上眼。

但勉強睡著了，卻往往會造一些更疲累的夢，然後忍不住醒來，才發現自己只睡了三個小時；天仍然暗，卻再也睡不著。

還記得那凌晨，是有多漫長，那種感覺是有多差。

試過就不要去睡，去做一些事情令自己更勞累，然後等到明早假期來了，盼終於等到有睡意，自己就可以盡情去睡。

但是睡意卻始終沒有來，一直眼睜睜的等到另一個夜晚，等到下一個破曉。

直到，真的太累太累了，身體再不能繼續硬撐下去，才可以盡情地小睡一會。

　　但睡了一會，之後等著自己的，又是再一次的漫長失眠。

　　明明，我是有多麼想好好去睡。

　　明明，我不需要太多清醒的時間。

　　睡不著，最難耐的，並不是不能夠好好休息。

　　而是你會有太多時間，又再想起那一個，不應該再想的人。

● ● ●

　　「不如，我們分手吧」

　　「為什麼？」

　　「沒感覺了」

　　「我不明白」

　　「不明白什麼？」

　　「昨天我們還有見面、牽手，前兩天我們還是好好的，還計劃要一起去旅行」

　　「對不起」

　　「不要說對不起，我想知道原因」

　　「對不起，拜拜」

　　我看著他的訊息，他最後的「拜拜」，才發現自己的手在顫抖著。

　　原本這夜，我是約了他下班後一起去逛街，但他說臨時有事要做，要我回家後傳短訊給他報平安。夜深，我回到家、向他報

了平安，然後他就跟我在短訊裡說分手。

不是真的，不是真的……

我立即打電話給他，響了很多遍，他才終於接聽，但是卻沒有作聲。

「你是在開玩笑吧？」我說，努力地讓自己笑出聲音。「像上次那樣，你只是想故意嚇我的，是嗎？」

他依然沒有作聲。

「……怎樣也好，你也說一句話，好嗎？」

他依然沒有作聲。

我拿著手機，坐在床上，不敢呼氣，不敢亂想，怕自己想了不好的事情，怕自己的擔心、不安，會影響他的決定，最後會演變成真。

我就只想，我們還是像昨天一樣親密，什麼事都沒有發生過……

「對不起。」

終於，他開口。

但是他的聲音、語氣，都很陌生。

陌生到，像是叫我不能再有半點奢想。

「對你，我真的沒有感覺了。」他繼續說下去，不帶感情地。「是我不好，但我不想令你難過……」

我卻再也忍不住，哭了出來。

「……你別哭了。」

但我還是只懂得繼續哭。

比起說分手，一句沒有感覺，原來也可以這麼有殺傷力。

真的沒有感覺了，真的；是經過多少次的確認，是經過多麼長的時間去分辨，對我再沒有感覺，而我這一個當事人，卻是最後才知道，並立即被宣判得到分手這結果……

也不容我再有挽回的機會。

「你再哭，我也會覺得內疚。」

聽到他這一句話，我只好不再讓自己哭下去。

是不想令他難受，還是不想讓他更加討厭我，我分不清楚。

我只是悄悄抹去淚水、平靜呼吸，然後他說：

「我累了，我可以掛線了嗎？」

我可以說不可以嗎？

我可不可以要求，他對我說一聲晚安，就像是以前那些凌晨夜深，就像曾經有過的快樂時光，他會勸我早點去睡，勸我不要只顧工作累壞了身子，我總會笑著說好，然後就拿著手機躺在床上，跟他亂聊說笑，就算明明彼此有多疲累、多想去睡，但我們還是會繼續撐著不去睡，直到，終於等到他跟我說晚安，等到他偶爾隔著電話親吻我的聲音，等到那無盡的幸福感，完的擁抱著我們……然後，第二天醒來，我會在短訊裡收到他的「早晨」，我會回他一個笑臉，就像之前一樣，繼續為對方打氣、迎接新一天的來臨；然後，我們就會繼續一起走下去，走很長很長的時間，直到我們都老了，我們每天都會跟對方說晚安……

但我只是「嗯」了一聲，他接著就立即掛斷了電話。

我們就真的這樣，完結了。

然後，就是從那晚開始，我擁有了失眠這一個習慣。

然後我才發現，累了，可以盡情去睡，原來已經是一種福氣。

原來睡不著，但心裡藏著一個人，是有多麼難耐。想去找他，但是不能去找。想找到讓自己忘記傷痛的辦法，卻始終會記得太清楚。

　　但其實，如果張開眼、或閉上眼，最後還是會想起同一個人，那一個以後都不會再見，也不會再說晚安的人；那麼睡不睡得著，其實又有什麼分別。

　　又為什麼要讓自己這麼難過。

　　為什麼仍要看著他的臉書，看他的相片、看他有沒有新的伴侶。

　　為什麼還會想致電給他，盼能夠再聽到他的一聲晚安⋯⋯

●　●　●

　　「不要再這樣下去了，好嗎？」

　　「但我真的不捨得⋯⋯我知道你其實也是一樣，也是不捨得我的，是嗎？」

　　「⋯⋯我們已經分開了，你為什麼不可以接受現實、不可以清醒一點？」

　　「你知道嗎，每天晚上我都睡不著，我已經太過清醒。」

　　「⋯⋯都已經與我無關了。」

　　「難道你真的對我再沒有任何感覺了嗎？一點也沒有想念我？」

　　「沒有！」

　　「⋯⋯就算我做什麼，你也不會再喜歡我嗎？」

「⋯⋯」

「我可以改，我可以等，只要你想，我都可以立即去做，我就只求你不會離開，就只有這一個願望而已⋯⋯」

「⋯⋯」

「就算你喜歡了誰，就算你如今跟哪個人一起，我也不會過問，也不會逼你去做任何事情⋯⋯」

「⋯⋯」

「我也不奢望立即再跟你一起，就只希望我可以繼續打電話給你，可以在每天晚上，我們還能夠像從前一樣，你可以陪我講一會電話，一會就好；然後，跟我說一聲晚安，我就會乖乖地掛線，不會再打擾你的⋯⋯可以嗎，這樣可以嗎？」

「⋯⋯」

「可以嗎？」

但是他依然沒有作聲。

他已經悄悄地掛斷了電話。

每次難得睡著了，我都會作這一個夢。

然後醒來的時候，我的臉上都會滿是淚水。然後，我開始變得不敢再睡⋯⋯

不想再次聽到他的冷淡。

不想再次面對那一個真實、但也卑微的自己。

假如當時自己不讓他掛線、假如我可以繼續說下去，是不是我就會得到他的絕情、傷我更痛更深，我就可以容易一點對他死心、不會再對他思念更多？

但其實，就算我不讓他掛線，他也未必會讓我說下去。

就算傷得更痛更深，思念與失眠，還是會未可休止。

• • •

「喂。」

「嗯，有什麼事嗎？」

「睡了嗎？」

「都兩點了，當然睡了。」

「啊，對不起，不打擾你了。」

「有事嗎？」

「沒事。下次再找你談吧。」

「嗯，拜拜。」

「拜拜。」

我掛斷電話，打開手機的通訊欄。

一直滑、一直滑，搜尋一個願意陪我講電話的人。

直到，通訊欄滑到盡頭，再也找不到一個誰可以陪我說下去。

「喂。」

我打開 WhatsApp。

「你好嗎？」

點進他的名字。

「今晚，我又睡不著了。」

按下傳送語音的按鍵。

「你呢，你已經睡了嗎？」

對著空氣。

「已經凌晨兩點，已經第一百三十四天……」

傳送這些不能夠再親口說的話。

「不知道要到什麼時候，才會睡得著……」

告訴他，不可能再聽得見的近況。

「但我知道，我很快就會好的。」

分開了的第二天，他就已經封鎖了我的 WhatsApp。

「就算再沒有你在我身邊。」

我傳送出去的晚安或問候，他也不想再看見。

「就算我們以後都不會再見。」

也好。

「只是偶爾，還是會有一點掛念你。」

如果真的可以讓我再對他說下去、再糾纏下去……

「只是偶爾，還會想聽見你說的一聲晚安，如此而已。」

也只會令他更加討厭我而已。

「嗯，不打擾你了。」

幸好。

「希望你會安好。」

真的幸好。

「晚安。」

我放下手機，又再次看著天花板。

闔上眼，祈求這天可以早一點安睡。

祈求哪天我終於懂得，好好放過自己。

假如讓我說下去

| 作詞 | 林 夕　　| 作曲 | 于逸堯

| 原唱 | 楊千嬅

任我想　我最多想一覺睡去
期待你　也至少勸我別勞累
但我把　談情的氣力轉贈誰
跟你電話之中講再會　再會誰

暴雨天　我至少想講掛念你
然後你　你最多會笑著迴避
避到底　明明不筋竭都力疲
就當我還未放鬆自己

我想哭　你可不可以暫時別要睡
陪著我　像最初相識我當時未怕累
但如果　但如果說下去　或者
傻得我　彼此怎能愛下去

暴雨中　我到底怎麼要害怕
難道你　無颱風會決定留下
但我想　如樓底這夜倒下來
就算臨別亦有通電話

我怕死　你可不可以暫時別要睡
陪著我　讓我可以不靠安眠藥進睡
但如果　但如果說下去　亦無非逼你
一句話　如今跟某位同居

我的天　你可不可以暫時讓我睡
忘掉愛　尚有多少工作失眠亦有罪
但如果　但如果怨下去　或者
傻得我　通宵找誰接下去

離開　不應再打擾愛人　對不對

TRACK 13
人來人往

閉起雙眼你最掛念誰　眼睛張開身邊竟是誰
感激車站裡　尚有月台能讓我們滿足到落淚
擁不擁有也會記住誰　快不快樂留在身體裡
愛若能夠永不失去　何以你今天竟想找尋伴侶

「你根本就不在乎我！」

「你愛怎樣說就怎樣說。」

「既然如此，為什麼又要勉強跟我在一起？」

「小姐，我什麼時候說過勉強？」

「你沒有說，但你的表情就是這種意思！」

「唉，你覺得是這樣就這樣，我不想再跟你吵。」

說完這一句話，樂文生氣地離座，走出了咖啡店。

剩下 Darling 一個人坐在原位，默默地流淚。

夜深，樂文回來咖啡店，向我道歉：「對不起，今天麻煩到你了。」

「沒有麻煩，其實那時候店裡也沒有客人。」

我笑說，給他倒了一杯咖啡。

「後來……她有怎麼樣嗎？」他苦笑問。

「她，她在這裡坐了一會，就走了。」

「有哭嗎？」

我點點頭，然後他不作聲。

「其實，都只是小摩擦，過兩天就沒有事了。」我安慰他。

「唉，有時候，我都不知道自己做錯了什麼。」他拿起咖啡喝了一口，又說：「她總是覺得我不喜歡她，無論我怎樣對她好，她都仍然會感到不安。」

我想了一下，說：「或許 Darling 本身就是一個缺乏安全感的人吧。」

他糾正：「是超級極度沒有安全感。」

我忍不住笑了，問他：「那你最初為什麼會喜歡她呢？」

樂文抬起頭，閉起雙眼，認真想了一會，最後看著我，搖搖頭苦笑一下。

　　我也不勉強他回答，繼續去清理料理檯。過了一會，他又問我：「對了，最近有見到倩文嗎？」

　　「有呀。」我扭開水龍頭，清洗水槽裡的咖啡杯。

　　「我很久沒有見到她了。」他嘆了口氣。

　　「你可以找她呀。」

　　他搖頭笑了笑，說：「她不是忙著約會嗎，不要打擾她了。」

　　「你是怕她會不想見到你吧。」我取笑他。

　　「也不是……」

　　「還會後悔嗎，那時候你跟她在一起。」

　　樂文沒說話，就只是微笑著搖頭。

　　「我記得，那時候你和她，好像也是在我這裡認識的，是嗎？」

　　「不，之前其實也有見過面，只是一直都不太熟稔。」他默然了一下，又笑了一下，說：「那天，原本只是打算來這裡，參加朋友的生日聚會，沒想過之後會和她真正認識了，然後會變得這麼親近。」

　　我關了水龍頭，回頭看他，問：「你本來也喜歡她嗎？」

　　「沒想過喜不喜歡，最初知道她這個人的時候，她本身是有男朋友的。我一向不喜歡跟有男朋友的異性太過親近。」

　　「那為什麼你們之後又會漸漸走近？」我笑問。

　　「因為她剛好失戀了，就是在那一天生日聚會之前，她的男朋友跟她提出分手。」他嘆氣，喝了一口咖啡，看著店外的夜景

好一會，續說：「那時候，她常常都會來找我，要我陪她散心；剛好那段日子我的工作也不太忙，於是就常常和她四處遊逛。記得有一次，她心血來潮說想去墾丁看海，那天是星期五，我們就立即買了當晚的機票飛去高雄，去到墾丁那邊才去找民宿，還好最後有找到；第二天一大早，我們就去到海邊，和她聽了一會海浪聲，她突然又說，想到北海岸的石門看風車，想知道北面吹來的海風、跟南面吹來的海風有沒有分別；於是我們又搭高鐵到台北，再坐了一個多小時公車去石門，去到風車下，天色都已經開始暗起來了⋯⋯」

我忍不住失笑，說：「很亂來的行程呢。」

「是的，以前我都不曾試過這麼亂來。」他低下頭來，又說：「但也是因為她，我才知道自己可以這麼亂來。」

「還有更亂來的事嗎？」

樂文沒有說話，我將洗好的咖啡杯放進櫃裡，再為他添滿了咖啡，他才說下去：「如果說更亂來的事，那就是，我其實知道倩文不是認真的喜歡我，但我還是決定要跟她在一起。」

我輕輕呼了口氣，問：「為什麼你覺得她不是認真喜歡你？」

「很簡單，因為她根本還無法放下之前的男朋友。和她一起，她常常都會為了一些事情，而突然茫然出神。」他對我輕輕地笑了一下，像是在說著旁人的事般。「例如聽到一首歌曲，原本笑著說話的她會漸漸變得沉默；又例如看完一齣電影，劇情其實並不怎麼感人，但散場後她還是會哭得很傷心，即使我怎麼哄怎麼安慰，也沒有用。就算我跟她越來越親近、我對她越來越好，但仍然不能讓她淡忘某一個人的影子、那些曾經有過的開心或傷心

片段，有時我會覺得，自己連一個回憶都贏不了，又憑什麼可以讓她得到幸福。」

「既然如此，為什麼你還是想跟她在一起？」

「我也不知道。」他苦笑搖搖頭，嘆氣說：「可能是因為，我真的喜歡她吧。」

「但你們在一起不久後，她還是向你提出分手。」

直到現在我還記得，他們那天來到我店裡，倩文輕聲說分手時，樂文那一個難堪的表情。

「其實在一起的第一天開始，我就已經有心理準備，她隨時都會跟我提分手。」他默然了一會，又說：「我一直都提醒自己，不要太認真、太投入，她真正喜歡的人並不是我，那麼，如果我們曾經開心過，如果我能夠在她的生命中留下一點美好的回憶，那其實就已經很足夠……所以當她提分手時，我也叫自己不要有半點糾纏，因為就算我再執著、再勉強牽著她，最後她還是會走的，是嗎？」

我沒有回答，就只是靜靜的看著他。

也許真的如他所說，他沒有對倩文有太多糾纏。只是他和倩文分開後，有多不開心，也不是他自己可以掩飾得來，也不是努力叫自己看開一點、不要執著，就真的可以變得快樂自在。

有多少次，他自己一個人來到咖啡店，坐在他們以前最喜歡的窗邊位置，從玻璃窗看著店外，一坐，就會坐上大半天。但或許樂文並不知道，有多少次，倩文也曾經試過一個人，坐在他對面的位置，看著窗外，想念某個不會再在一起的人，直到夜深、直到咖啡店打烊。

直到某一天，倩文的對面，出現了樂文。

　　然後到了某一天，樂文的對面，出現了 Darling……

　　「你有沒有想過，自己最初為什麼會喜歡倩文？」我問樂文。

　　他又抬起頭，閉起雙眼，認真地想了一會；然後又張開了眼睛，微笑了一下，說：「是因為她的笑容吧。最初和她約會的時候，她常常都是冷冷的不說話、沒有表情，就像是元神出竅了一樣；但是當她笑的時候，那個樣子真的很可愛，真的很可愛……只要可以讓她開心，讓她笑多一點，就算要再做什麼，都會覺得值得。」

　　我沒有再說話，就只是靜靜地聽他繼續訴說，以前和倩文在一起時的點點滴滴；直到我將整間咖啡店都清理完了、我跟他說要打烊了，他才彷彿想起，這一夜自己原本是為了誰人而來。

　　後來，樂文和 Darling 還是提出了分手，還是一樣，在這一間咖啡店提分手。我開始懷疑，那一個靠窗的位子，是被誰人下了詛咒，喜歡坐在那裡的情侶都難逃分手的命運。最後我決定將桌子移走、改擺放置物櫃，希望能夠阻止這個迴圈繼續循環下去。

　　只是 Darling 偶爾還是會問我，為什麼要將桌子搬走，害她不能再坐在那一個位置，去想念樂文。每次我都會不說話，就只是沖一杯她最愛的焦糖咖啡給她；每次，她都會端起來淺嚐一口，然後閉起雙眼，一臉幸福地笑，笑得比太陽還要燦爛，比任何事物都要漂亮。

　　那是我最喜歡的一個笑容。每次閉起雙眼，我都會想起這一個笑容。

THIS
AIN'T
A
LOVE
SONG

（▶）

人來人往

｜作詞｜林　夕　　　｜作曲｜陳輝陽
｜原唱｜陳奕迅

朋友已走　剛升職的你舉杯到凌晨還未夠
用盡心機拉我手　纏在我頸背後
說你男友有事忙是借口　說到終於飲醉酒

情侶會走　剛失戀的你哭乾眼淚前來自首
寂寞因此牽我手　除下了他手信後
我已得到你沒有　但你我至少往後　成為了密友

閉起雙眼你最掛念誰　眼睛張開身邊竟是誰
感激車站裡　尚有月台能讓我們滿足到落淚
擁不擁有也會記住誰　快不快樂留在身體裡
愛若能夠永不失去　何以你今天竟想找尋伴侶

誰也會走　當相戀的你先知我們原來未夠
借故鬆開我的手　藏在貼紙相背後
我這苦心開過沒有　但試過散心旅遊　如何答沒有

閉起雙眼我最掛念誰　眼睛張開身邊竟是誰
感激車站裡　尚有月台曾讓我們滿足到落淚
擁不擁有也會記住誰　快不快樂有天總過去
愛若為了永不失去　誰勉強娛樂過誰
愛若難以放進手裡　何不將這雙手放進心裡

時間會走　當失戀的我開始與旁人攜著手
但什麼可以擁有　纏在那頸背後
最美麗長髮未留在我手　我也開心飲過酒

TRACK 14
匆匆那年

如果再見不能紅著眼　是否還能紅著臉
就像那年匆促　刻下永遠一起　那樣美麗的謠言
如果過去還值得眷戀　別太快冰釋前嫌
誰甘心就這樣　彼此無掛也無牽
我們要互相虧欠　我們要藕斷絲連

有時候，有些人，認識得越久，越會讓你覺得並不真正認識。

也許他以為很了解你，但其實他只看到你好的一面。

也許你以為自己對他很好，但其實他一直都只想要你對他更好。

然後相處得越久、出現越多的落差，失望累積得太多，本來的熱情、好奇、認真與在乎日漸被消磨，最後剩下得不到對方理解的抱怨與無奈。

而這些心理，彼此又不會坦白地說出口，讓對方知道，讓自己釋懷。

寧願看著對方臉書的快樂笑容，一個人默默苦笑。

寧願讓時日遠去，一個人默默回想起那年那月，一個人，不捨得另一個人。

‧ ‧ ‧

「謝謝你啊。」

她開心地嚷，從他的手中接過兩張演唱會票。

「沒什麼。」他淡淡地笑說，又補了一句：「反正我也沒時間看。」

「真好，我一直很想看王菲的演唱會呢。這頓飯我請客吧！」她喜孜孜地看著票，像是找到了寶藏一樣。

「好吧。」

「對了，為什麼你會拿到她的演唱會票？聽說票早就完售了啊！」

「剛好認識在演唱會裡工作的朋友，他給了我兩張票，想起你可能要看，所以就送給你了。」

　　她又看看手上的票，說：「你朋友對你這麼好……將位置最好的票送給你呢！」

　　他一臉平常，回說：「是嗎，我都沒留意。」

　　「真好，你總是認識到特別的朋友。」

　　「其實也沒什麼特別。」

　　然後兩人沉默起來，看著各自的杯子出神。

　　「對了，你什麼時候出發去英國？」他問。

　　「下個月三十號。」她回答。

　　「剛好在演唱會之後？」

　　「嗯，剛好。」她微笑點頭。

　　「這次會去多久？」

　　「應該是一年吧，如果順利，會在那邊實習一段時間。」

　　「理想實現了，真好。」他微微笑了一下，又說：「到時要我來送機嗎？」

　　「你應該沒空吧，那天是星期三，你要工作吧。」

　　「也是。」

　　「不用擔心，應該會有其他朋友來為我送行。」她笑。

　　「嗯。」

　　「你呢，音樂創作順利嗎？」

　　「還好。」他搔搔頭。

　　「最近經常聽到別人談論你的新歌，你很紅吧。」

　　「紅什麼，比起真正的名人，還差很遠。」他苦笑了一下，

又問：「那首歌你有聽過嗎？」

她不好意思地笑了一下，說：「最近比較忙呢，一直都沒有空聽歌⋯⋯」

「不要緊，我明白的。」

「對了，認識你這麼多年，幾時有空幫我作一首歌啊？」

「呃⋯⋯」

她留意到他臉上的表情，像是有點為難，於是就笑說：「我只是說說而已，不用太認真啦。」

「我看看有沒有時間吧。」他呼口氣。

「嗯。」

「唔。」

然後，服務生適時地送來了食物。

然後，兩人讓自己專注於食物之上，偶爾聊一兩句話，就再沒有其他。

・　・　・

夜深，回到家裡，她取出演唱會票，看著出神。

另一張票，應該邀請誰去看？

應該還有其他想看演唱會的朋友，但其實，她最想邀請的人，卻是他。

她沒有想過，他還會記得很多年前，自己曾經跟他說過的話：

「好想去看王菲的演唱會啊。」

「她的演唱會票很難買，你就別作夢了。」他吐糟。

「但我真的好想在現場聽她唱《冷戰》和《百年孤寂》啊！」她嘆氣。

「我唱給你聽吧。」

「誰要你唱！不如你努力點作曲，然後有天成名了、替王菲作曲，到時請我去看她的演唱會吧。」

「……你是不是傻了？我怎可能替王菲寫歌？」

「我不管啦，你要實現我的願望！」

「來人啊，這裡有精神病人發作……」

十年後，他竟然真的請她去看王菲的演唱會。

只是，這十年來，兩人的關係也日漸變得疏離。

他專注於音樂創作，她努力於自己的工作事業，兩人的世界越來越不相似；但真正讓彼此不再同步的，也許是因為，某天他身邊多了另一個人──他的女朋友。

她不討厭他的女朋友，只是自那天開始，她忽然察覺，自己再沒有接近他的理由與位置。她好想讓他明白這點為難，但是每次看見他與女朋友一起，他的臉上是這麼快樂，她找不到合適的時機向他開口。

一段日子之後，她選擇將這點為難收於心底，說到底，自己又有什麼權利，要他去明白自己的為難。只是越埋藏，那一種孤單感卻變得更加強烈；偶爾想裝作自然找他說話或見面，卻又總會遇著他在忙的時候，結果令她心裡積存更多抱怨。有時她會反問自己，對他的那一種情感是否不只友情，但然後過一陣子她又會否定自己、一切都不過是自己想得太多；為了讓自己遠離這點負面情緒，於是她開始減少和他交往或接觸，即使每天她都會留

意他的臉書更新，即使每夜她都會繼續聽他所作的每一首新曲。

　　然後有天，他跟女朋友分手了，但他的身邊也出現了更多新的朋友；然後，他的歌更受注目了，只是她再也無法從歌曲中找回他的味道。

　　卻想不到，這一個晚上，他會忽然約自己出來，送自己兩張王菲的演唱會票。

　　只是就算再見，也找不回當年兩心知的節奏與感覺，反而更認清如今的差距與陌生。

　　她輕輕呼口氣，將演唱會票收進抽屜裡。

　　不要再想了，再過一個月，自己與他的世界只會離得更遠更遠。

●　　●　　●

　　夜深，回到家裡，他打開電腦，朋友傳來訊息問道：

　　「後來你有到我公司拿票嗎？」

　　他回答：「已經拿了 :)」

　　「拿了就好。」

　　「謝謝你幫我留位，明天我會把票的錢轉帳到你戶頭。」

　　「慢慢來吧，不急 :)」

　　「:)」

　　他收起對話框，打開她的臉書，看著她的更新，看著她和其他朋友的對話與分享。

　　這些年來，他都是依靠這種方式，來了解她的生活與近況。

最多偶爾互相傳一句聖誕快樂、或生日快樂的短訊，然後就看著對方的已讀不回而茫然。

明明可以直接打電話問候、或約出來見面，但他卻寧願選擇用這種間接的方式來窺探。

到底是在什麼時候，彼此的關係會變得如此徒具形式、如此疏離。

好想讓自己重視的人明白自己的想法，但越在意就越感到乏力，最後又只會叫自己不要想得太多、不要太過在意。

但如此反覆來回，自己的心也鋪了一層又一層的塵埃，漸漸他都不敢肯定，自己用這種方式來重視自己的朋友，到底是不是真的正確。

然後直到某天，他忽然發現，她終於要實現多年來的理想，到英國去進修，為期一年。

於是他鼓起勇氣，在短訊裡問她看不看王菲的演唱會，對她說，自己有兩張免費的票可以送她，不如找天出來吃飯見面。

即使他根本就沒有免費的票。

可惜這晚，來到最後，自己還是無法向她好好表達，這些年來有過的想法與思念。

也無法再向她訴說，在那些還與她親密的年月裡，被自己埋藏了的感覺與遺憾。

他輕輕呼口氣，開動音樂播放器，啟播了一首自己最近所作的新歌。

一首為她而作、只是她不會知道的歌。

（▶）

匆匆那年

｜作詞｜林　夕　　　｜作曲｜梁翹柏
｜原唱｜王　菲

匆匆那年　我們究竟說了幾遍　再見之後再拖延
可惜誰有沒有愛過　不是一場七情上面的雄辯
匆匆那年　我們一時匆忙擱下　難以承受的諾言
只有等別人兌現

不怪那吻痕　還沒積累成繭
擁抱著冬眠　也沒能羽化再成仙
不怪這一段情　沒空反覆再排練
是歲月寬容　恩賜反悔的時間

如果再見不能紅著眼　是否還能紅著臉
就像那年匆促　刻下永遠一起　那樣美麗的謠言
如果過去還值得眷戀　別太快冰釋前嫌
誰甘心就這樣　彼此無掛也無牽
我們要互相虧欠　要不然憑何懷緬

匆匆那年　我們見過太少世面　只愛看同一張臉
那麼莫名其妙　那麼討人歡喜　鬧起來又太討厭
相愛那年活該匆匆　因為我們不懂　頑固的諾言
只是分手的前言

不怪那天太冷　淚滴水成冰
春風也一樣　沒吹進凝固的照片
不怪每一個人　沒能完整愛一遍
是歲月善意　落下殘缺的懸念

如果再見不能紅著眼　是否還能紅著臉
就像那年匆促　刻下永遠一起　那樣美麗的謠言
如果過去還值得眷戀　別太快冰釋前嫌
誰甘心就這樣　彼此無掛也無牽

如果再見不能紅著眼　是否還能紅著臉
就像那年匆促　刻下永遠一起　那樣美麗的謠言
如果過去還值得眷戀　別太快冰釋前嫌
誰甘心就這樣　彼此無掛也無牽
我們要互相虧欠　我們要藕斷絲連

TRACK 15

追

一追再追　只想追趕生命裡一分一秒
原來多麼可笑　你是真正目標
一追再追　追蹤一些生活最基本需要
原來早不缺少
有了你即使平凡卻最重要

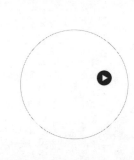

一直以來，他都在努力追尋某個人的身影。

他不知道對方的樣貌、名字，也不知道這世界上，是不是真的會有這一個人。

只知道，如果有天追尋到對方，自己就會心滿意足。

只要可以在對方身邊，就可以一起得到幸福。

• • •

Iris 是他的現任女朋友，也是他的未婚妻。

最初他會留意 Iris，是因為她所搽的香水氣味，那是一種不會經常聞得到的氣味。後來跟她熟了，他藉機問她常用哪種香水牌子，原來她用的，正是他喜歡的 Miss Dior。自此之後，他對 Iris 這個人就更留意起來。

不過，說到他為何會認識 Miss Dior 這個香水牌子，就不能不提玉珊這一個人。

• • •

玉珊是他的第四任女朋友。

認識玉珊，是在一間書店之內。那時他正在努力尋找亦舒原版的《朝花夕拾》小說，幾經辛苦，終於在一間舊書店找到，卻

在同時間被玉珊拿起了那一本書。他看著她愕然，她看著他驚訝，心想怎會有一個男人跟她爭奪一本愛情小說。他苦求她把這本書讓給他，她笑問他為何那麼想要這本書，談著談著，兩人由亦舒談到了愛情，由書店談到去咖啡店。最後他忘了《朝花夕拾》，卻漸漸留意起她身上的香氣，漸漸注意著眼前的這一個人。

· · ·

教他看亦舒小說的，是他的第三任女朋友 Natalie。

Natalie 是一個平凡的女生，他當初對這個文科生本來不太留意，只記得她戴著一副金框眼鏡，每次視線碰上，她都會將臉轉向別處。直到有一天，Natalie 在他身邊走過，他忽然發現，她換了一副新的黑框眼鏡——每次看見黑框眼鏡，都會讓他想起了一個人。他問 Natalie 是不是換了眼鏡，她像是嚇了一跳，紅著臉，最後還是笑笑點頭。就是在那天開始，他決定追求 Natalie。他知道自己不過是一時的情意結，可是他卻不知道，他跟 Natalie 後來會一起走上這麼長的一段日子。

· · ·

小琳是他的同班同學，由中學一年級開始，一直到中學畢業為止。他與小琳的感情很好，他會時常抄她的功課，她會時常要他教數學。放學後，他會致電給她閒聊，放假時，她會約他逛街吃飯。大概這種互相幫助、也互相陪伴的友情關係，令彼此都覺

得對方是一種理所當然的存在，其他人也不可能代替；只是他本身也一直有其他的女朋友。畢業後，兩人進了不同的大學，雖然兩人依然繼續友好，只是小琳之後交了一個男朋友；那時他才發現，這個一直伴在自己身邊、戴黑框眼鏡的長髮女生，原來就是自己心目中一直追尋的理想對象。不過可惜，已經太遲。

• • •

Connie 是他的第二任女朋友。

他會留意她，是因為她是他的同班同學；他會留意她，是因為有一次老師將她的座位調到他的前面；他會留意她，是因為她有一頭長髮……

但，他們只在一起兩個星期，就無疾而終。那天之後，他們就再沒有交談過。

• • •

文芳是他中學時隔壁班的同學，也是他的第一任女朋友。

他到現在都不明白，這個隔壁班的女生為何會喜歡上自己。那時候他只會跟男同學玩耍，從不會到別的班級玩，更別說有機會跟隔壁班女生交談。可是某日放學後，家裡電話響起，竟是文芳致電而來。她結結巴巴的交代從哪兒得知他的電話號碼，然後又結結巴巴的說想請教他關於數學的功課問題；原本他還在想，第二天要找出那個出賣他的同學施以酷刑；但是聽著她的「理

由」，他卻有種懷念的感覺……他擅長數學，卻鮮有人請教他功課。在電話裡聽著文芳的聲音，他忽然猜想，這一刻她在電話的另一端，會是如何的模樣；她是長髮的、還是短髮？現在她是仍然穿著制服、還是已經換了便服，是在專注地看著數學課本作答、還是其實在慌慌張張地找尋下一條數學問題？

後來，他想了一整晚。後來，他和文芳在一起了半年，直到她轉校之後而告終。

•   •   •

婉雯是他的小學同學，也是他的初戀情人。

那時他還年少，不太明白什麼是愛情。只知道這個時常來抄自己數學功課的女生，頭髮好香。她最喜歡在黃昏時分致電給他，問著那些他覺得簡單不過的數學問題。他在電話裡聽著她的聲音，總覺得她的聲音，跟他平時在班上聽到的，有點不同；總覺得可以跟她這樣的講電話，感覺好高興。他好喜歡上課時，她調位坐在自己的旁邊，也喜歡放學後走到不是他所住的社區，送她回家。那種微妙的感覺，彷彿讓他嚐到了醉意——雖然那時候，他還沒喝過酒。

直到畢業之後的暑假，他搬離了他所住的社區，從此兩人再沒有聯絡；他才知道，原來這就是愛情。

•   •   •

不過其實，那一種微妙感覺，在他還很年幼的時候，他就已經嚐到過。

　　幼稚園時，他時常跟一個女孩坐在一塊，一同上課，一同玩耍，一起吃同一份甜點，甚至在同一張床午睡過。他最愛偷偷藏起她的粉紅色橡皮擦，放在她的外套口袋裡；放學時，他最喜歡在校門追蹤她的身影、她所坐的那一輛校車。他還記得跟她說過，長大後要娶她，要她成為王太太，她聽後笑了，笑得就像一顆蘋果。

　　那個女孩，叫馮瑋琪。

　　長大後，她改了一個英文名字，

　　就是 Iris。

(▶)

追

| 作詞 | 林　夕　　　| 作曲 | 李迪文
| 原唱 | 張國榮

這一生也在進取　　這分鐘卻掛念誰
我會說是唯獨你　　不可失去

好風光似幻似虛　　誰明人生樂趣
我會說為情為愛　　仍然是對

誰比你重要　　成功了敗了　　也完全無重要
誰比你重要　　狂風與暴雨　　都因你燃燒

一追再追　　只想追趕生命裡一分一秒
原來多麼可笑　　你是真正目標
一追再追　　追蹤一些生活最基本需要
原來早不缺少
有了你即使平凡卻最重要

好光陰縱沒太多　　一分鐘那又如何
會與你共同渡過　　都不枉過

瘋戀多錯誤更多　　如能重新做過
我會說願能為你　　提前做錯

誰比你重要　成功了敗了　也完全無重要
誰比你重要　狂風與暴雨　都因你燃燒

一追再追　只想追趕生命裡一分一秒
原來多麼可笑　你是真正目標
一追再追　追蹤一些生活最基本需要
原來早不缺少
有了你即使平凡卻最重要

一追再追　只想追趕生命裡一分一秒
原來多麼可笑　你是真正目標
一追再追　追蹤一些生活最基本需要
原來早不缺少　只得你
會叫我彷彿人群裡最重要

有了你即使沉睡了　也在笑

　　親愛的，現在的你，是否像過去一樣悠閒；而我，依然忙得一塌糊塗。如你所知，我是個超級勤奮的人，一分一秒都填滿了才覺得自在，對於時間，一向吝嗇得不得了。

　　只是有一點，你沒留意過，也從沒好奇過，我這樣忙，卻又總擠得出時間跟你見面，吃飯看電影，然後走很遠很遠的路，絲毫沒有倦意。

　　我也忘了是我盡量掩飾著疲態，抑或根本忘了人是會疲累，忘了回家之後還有一大堆工作等著。你不問，我也順勢不想，也不敢多想，你回家，一天就圓滿了，我的一夜還長著。

　　那段日子，也真不知道是怎麼過的，工作見面再工作，如此循環不息，中間其實並沒有任何空隙讓我選擇要不要這樣。然而，這又分明是我選擇的，本來我可以不用陪你在戲院裡撐著眼睛不睡，本來我大可以光明正大在家裡休息，從來沒人強迫過我。

　　你曾經問：「你是工作狂嗎？」我回答你：「我是狂，不過不是工作狂，我只是沉迷做我喜歡做的事。」我沒有明說的是：如果不是一個禮拜要見你四、五次，我就沒那麼忙了。

沒錯，我們追求的，當然都心甘情願，覺得有意義才會拚了命去追，那麼努力勤奮進取，為的，是所謂事業所謂成就感所謂夢想。我的夢想，並不包括你，即使從來沒有認識過你，目標依然是原來的目標。

　　那時我並不以為意，我拚的，就是讓你感覺到我是個很拚的人，我的成就感，也是在你面前的存在感，我很忙，我不會黏人纏人煩人。萬一，萬一你不能愛我，起碼也會敬重我，瞧得起我是個為理想不惜代價的人。

　　好在，你不是沒有愛過我，雖然到現在也搞不清你喜歡的我，是因為我愛工作，還是隨時可以放下工作跟你漫步的我。都沒關係了，好光陰果然似幻似虛，後來，後來我省下了吃飯散步的時間，可以更專注更沉迷於一件事：工作。這光陰，過得好或是壞，的確很難區分，我只知道比以前追的更單純、更不作他想，要做得更好──為我自己，也為了讓你發現，萬一你會發現──我沒有因你而鬆懈、而改變、而放棄、而淪陷、而崩潰，我依然活得很強壯，沒讓你內疚或是失望。

　　我繼續追，一直忙，倒沒想過要你也追上來，問我怎麼狂性不減，會覺得這是個值得被疼惜的人。

　　有了你彷彿平凡，卻最重要。沒有你，就只好追求不平凡的人生，超越了誰與誰才重要的狹小天地，自然，也超越了你。親

愛的，之前，你並不是我夢想一部分，之後，也可以不包括你。
有你的時候，沉睡了也在笑，沒你之後，能沉睡過，醒來更會笑。
我追求的，不只是一個人，不只為一個人哭哭笑笑，你說，是不
是很偉大呢？

天使的指紋

最初總堅持自以為是的緣分
最後才順其自然看花開無聲
離開你那個人
同時釋放了你　你為何不轉身

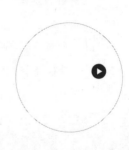

踏進咖啡店，一陣熟悉的感覺，隨著咖啡的香氣，喚醒某些原來已經沉睡了的記憶。

我走到店內的角落，那一個老地方，只見到她已經坐在她的位子，靜靜看著窗外的路人，淡淡地笑著；然後她愣了一下，彷彿察覺到我來了，朝著我微笑揮手。我向她點一點頭，走到她的面前，對她說：「你回來了。」

「是啊，我回來了。」她說，笑得依然窩心。

「這次會回來多久？」我拉開了椅子，坐下。

「應該不會再走了。」

「真的嗎？」我裝作不信。

「真的。」她做了一個鬼臉，給我遞上menu。「先點飲料吧。」

我翻開 menu，又看看桌上她的杯子；一樣沒變，都是她以前愛喝的 Rose Latte。

「請給我一樣的。」我跟服務生指指她的飲料。

她用一種奇怪的表情看著我，我回望她，只覺得她的氣息比之前好多了；以前眉間曾經有過的沉鬱，如今都已消失無蹤。笑容也比以前來得自在、寬心。

「最近好嗎？」我問她。

「最近，是指什麼時候呢？」她調皮地反問。

「嗯，」我抬頭想了一下，笑說：「這一年來吧。」

「這一年，這個近來也很長呢。」她輕輕嘆了口氣，然後又說：「其實你應該知道，這一年我都在台灣，去了很多地方。」

我問她：「去了台南嗎？」

她點一點頭，又說：「台南是留得比較久的，但除了台南，

還去了高雄、花蓮。有一段日子，我住在淡水，也曾經在台中清水一帶，看了一個月的風車；如果你在，你一定會每天都帶相機去拍照的，那裡的日落很美很美，你一定會喜歡。」

　　我微微呼了口氣，笑著問她：「那你最喜歡哪個地方呢？」

　　「最喜歡⋯⋯」她默默想了一會，最後說：「最喜歡，這裡。」

　　我有點意外，忍不住看著她的臉，她依然一臉笑意，於是我說：「是最喜歡自己的家嗎？」

　　她微微搖頭，說：「如果要說最喜歡的話，我仍是最喜歡，這一個曾經有過最快樂的我、有著最多快樂回憶的這一間咖啡店。我和你以前經常都在這裡碰面吧，每當想起你以前坐在這裡悶到打盹的樣子，我就忍不住想笑了。」

　　我也忍不住苦笑，心裡同時想，她是不是還沒放下；因為這一間咖啡店，這個地方，不只有我與她的回憶，還有更多更多，屬於她與他的回憶。而她在離開一年後，還是會忍不住回來這個地方。

　　「除了我呢，」我放輕聲音，微笑問下去：「還會想起誰嗎？」

　　她向我眨眨眼，最後笑著說：「你明知故問。」

　　「還會痛嗎？」

　　「說不痛，也是騙你的。」她呼了口氣，又說：「曾經那麼長時間地為一個人困苦、感到抑鬱、想得太多太多，浪費了心血和時間，如果說最後完全不留半點怨憤，也是騙人的。」

　　聽著她恍如說著別人故事的口吻，我不禁回想起，一年前的她。

　　一年前，她曾經跟他在一起，曾經，很喜歡很喜歡那一個人。

他比她大八歲，但是兩人之間沒有年齡的隔閡，她喜歡他的成熟、細心，還有溫柔；什麼事情，他都會順著她的意思，不論工作有多忙碌也好，他都會立即接聽她的電話、回覆她的短訊、迎合她的各種要求；假期的時候，他又會陪她去任何地方，甚至帶她出外旅遊，而不需要她有半點費心。她從未試過在另一個人身上，找到這樣絕對的安全感，而且可以看見一個明確的未來。和他一起半年，她深深感受到他對自己的好、他的喜歡有多深，她以為將來可以和他這樣子走下去，就只等待那一天他來向自己求婚，就只等到那一個時候，自己說我願意……

但真相是，他是有婦之夫，而且已經有一個兩歲大的兒子。

「你還有見他嗎？」我問她。

她搖搖頭，輕聲說：「想見，但不敢見。」

「不見也好。」

「是的，」她點一點頭，嘆氣。「但還是會想見。」

那時候，所有人都跟她說，不可以再跟他這樣下去了。她卻聽不進去，仍是一頭沉溺在他的溫柔之中，即使兩人之間，明明什麼都已經說穿了，但她還是相信，他是真的喜歡自己，還是期望，將來會有跟他開花結果的一天。

但現實是，有一天，他不再接聽她的電話、回覆她的短訊；她到他的公司樓下等他，他避而不見；她到他的家附近堵他，他裝作不認識。完全陌生的無情與冷淡，讓她當時一時之間接受不過來。有多少次，她一個人忽然跪在街頭上，痛哭失聲；有一段時期，她每天都需要約一個朋友，陪她發呆，也提防她因為突然失神，而發生意外。有多少個夜深，她睡不著，傳來訊息跟我說，

為什麼會變成這樣、還可以怎麼樣。有多少次，她對大家笑著說，她已經沒事了，已經不會再想了，不會再為那個人心痛了⋯⋯但過了一陣子，還是又再變得無比消沉。

然後，有一天，她在臉書說，她會去台灣旅行，叫大家不用擔心。然後，一去就去了一整年。

「有些人，如果見了只會更加無奈，那倒不如不要再見，別讓自己變得更委屈。」

「我知道，而且，他不會主動出現在我面前，其實我也不擔心。」她微微苦笑一下，又說：「這一年來，我想通了一件事情。其實我掛念的，是很喜歡我的那個他，是那一個他瞞著我尚未結婚、也沒有兒子的他，是那一個，我最初喜歡上的那個他、認識未深的那個他；但那個他，是已經不會再出現的了，即使他如今就站在我的面前，即使，他其實也一樣不捨得我⋯⋯」

我問她：「你是想說，你喜歡的，其實只不過是一個幻象嗎？」

她點點頭，說：「如果都只不過是夢幻泡影，那我何必過分執著一定要擁有，為什麼不可以讓自己簡單一點、純粹地喜歡那一個幻象？」

說完，她拿起杯子喝了一口咖啡。我也拿起自己的 Rose Latte，怎知當喝下去，才發現那不是咖啡，而是甜膩的蜂蜜鮮奶。

「你⋯⋯」我看看她，只見她看著我在偷笑。「為什麼這杯不是 Rose Latte ？」

「在台灣喝了太多咖啡，一喝，就會睡不著，所以戒了。」
她回答得如常。

但以前，她也是常常喝咖啡，從來沒有因為喝咖啡而睡不著。

「我知道你在想什麼。」她微笑凝看著我，說：「就如剛剛所說，如果我對你說，我跟以前的自己一樣，完全沒有改變，跟最初一樣地自在快樂，也是騙你的；但至少現在，我開始明白什麼事情都有它的期間，有它應該開始的時候，也有它應該完結的一刻，不能勉強，也不必逃避。如果能夠順其自然、讓自己懂得凡事隨心，就算偶爾會不開心、會感到寂寞，但至少我也可以預期，有天會過得快樂，可以去好好地過日子。」

「⋯⋯你真的有成長呢，懂得說出這一番話。」我有點被嚇呆。

「可能是因為在台灣的時候，看了太多心靈勵志的書吧。」她做個鬼臉，又說：「也因為，被他捨棄之後，我才有機會重新去尋找自我，去感受別人的溫柔，還有這一個世界的美好。」

我呼了口氣，喝了一口蜂蜜鮮奶，問：「那會再重新談戀愛嗎？」

她看著我搖頭，笑道：「又不是一定要接著戀愛，一個人也很好，何必太著急要找到某個人在一起。」

「你說得就像是要得道了。」我笑了。

「我是認真的。」她看著我說，無比認真地。「這一年來，真的很感謝你。」

「⋯⋯為什麼忽然感謝我？」

我反問她，她只是靜靜地看著我，微微笑。最後她搖一搖頭，呼了口氣，說：「謝謝你今天會來這兒找我。」

「其實我只是剛好路過而已。」我笑答。

「無論怎樣，我都很謝謝你。」然後她用雙手抓著我的手，緊緊地，卻低下頭來，不讓我看見她的面容。

我看著她頭上輕軟的秀髮，聞到那絲曾經熟悉的氣味。

才知道，有些回憶，原來早已經被我埋藏在腦海深處。

三年前，我曾經很喜歡這個人，喜歡到，想給她最好的一切，想跟她共度餘生、白頭到老。

但那時候，我們都太不成熟，太喜歡爭吵，對彼此都太沒有信心。我總擔心，她有天會離我而去，她總擔心，我並不是真的喜歡她，就只是喜歡她的外表；結果，我們真的分開了，如我們自己胡思亂想的預期。然後，沒多久，她遇上他，跟他在一起……最後，她失去他，展開了之後那些難過的旅程。

這一年來，我都一直在找尋她的蹤跡。

曾經試過在忠孝東路，去遍了她可能會去的咖啡店；曾經試過在十分，希望會碰到放天燈的她；曾經試過騎著單車，在花蓮的海岸碰了多少天的運氣；曾經在臺鐵上，看到一個很像她的身影，匆匆下車追尋了半天，最後才發現是另一個人；曾經在高雄的青年路上，奢望會碰到看日落的她；曾經在高美濕地，看了一星期的風車，但是結果都沒有碰到她。

直到這天，我在臉書看到她說，回來了。

直到現在，她再一次離我這麼近，抬起臉來，看著我微笑。

「謝謝你。」

她這樣說。

「我什麼都沒有做過啊。」

我回答她，又說：「我只有不小心把你錯過了。」

她搖搖頭，輕輕笑了一下，說：「但如果沒有你，就沒有之後的我啊。如果沒有你，我就不會記起，我身邊原來還有很多天使，一直都在小心翼翼地，守護著我。」

　　天使……

　　她的雙手，仍然緊握著我的手。從她的指尖，彷彿可以感受得到她的溫柔與感激，還有那些無法言明的婉謝。

　　我知道，她是真的可以釋懷了。

　　我深深吸一口氣，看著眼前這一個，我曾經最愛、如今依然喜歡著的人。她笑得像一個天使，讓人不忍心再去做出半點傷害，也不忍心再阻止她，自由自在地在天際上翱翔。

　　也許真的是時候，應該釋懷了。

　　是時候，去放開這一雙手。

（▶）

天使的指紋

｜作詞｜林　夕　　　｜作曲｜李偉菘
｜原唱｜孫燕姿

靜悄悄　亂紛紛
都輸給了時間　卻沒有辜負青春

他誠懇　才不讓你等
你失落了黃昏　卻換來平靜夜深

眾裡尋人　錯愛只是為真愛作證
所謂魔鬼留下的傷痕　都是天使的指紋

燈火闌珊　何必急於看到那個人
能睡得安穩都只因為　那盞還沒開的燈

亮晶晶　黑沉沉

開了窗　關上門
誰給了你寂寞　寂寞還給你新生

誰的吻　都值得感恩
淚淋熄了慾望　笑卻雕琢了皺紋

眾裡尋人　錯愛只是為真愛作證
所謂魔鬼留下的傷痕　都是天使的指紋

燈火闌珊　何必急於看到那個人
能睡得安穩都只因為　那盞還沒開的燈

最初總堅持自以為是的緣份
最後才順其自然看花開無聲
離開你那個人
同時釋放了你　你為何不轉身

眾裡尋人　錯愛只是為真愛作證
每次告別留下的傷痕　都是天使的指紋

燈火闌珊　你急著要看到那個人
他也在尋找你的身影　你也讓別人在等

TRACK 17
妳的名字我的姓氏

只需要　當天邊海角競賽追逐時
可跟你　安躺於家裡便覺最寫意
只需要　最迴腸盪氣之時
可用你的名字　和我姓氏　成就這故事

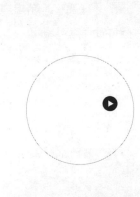

「我看完你的稿了，這次的故事，寫得很不錯啊。」

「是嗎，謝謝你。」

「那麼，我會再將稿子多看一遍，跟總編討論一下，如果沒有問題，我打算兩個月後出版，你意下如何？」

「可以再給我一點時間嗎，有些地方我想再修潤一下。」

「唔，還有什麼地方需要改？其實我覺得已經很好了。」

「就給我幾天時間吧，改好了我會立即讓你知道。」

「好吧，既然你如此堅持。」

「謝謝你。」

• • •

「曾永年，曾永年。」

「怎樣呀，林綺玲小姐。」

「你看見那個獵戶座嗎？」

我隨著她的手指方向望去，只見到一片黑的天空。

「看不見啊，今晚太多雲了，怎會看到星星。」

「你要給一點想像力嘛！」她在我臉頰給了一個粉拳。「那個位置是獵戶座啊。」

「不是獅子座嗎？」我苦笑。

「現在是秋天，又怎會看得到獅子座？」

「是你說要給點想像力嘛。」

「你這些是亂來的想像力。」她頓了一下，忽然又問：「對了，你有想過將來要做些什麼嗎？」

「沒有想過啊，你呢？」

「唔……我想做一個作家。」

「作家？什麼樣的作家？」

「愛情小說作家。」

我別過臉，忍住了笑聲，但還是被她發現了，她大聲質問我：「怎樣，你覺得我不能夠成為作家嗎？」

「不是不是，」但說到這裡，我忍不住大笑了起來，「做作家是可以，但你……與愛情小說作家的身分，有點不搭嘛哈哈哈。」

「為什麼不搭？」她目露凶光，舉起右手，作勢想攻擊。

「哪有愛情小說作家像你這樣粗暴的？」我平心而論。

「這只是你升斗小民的主觀想像。」她冷笑。

「但你的本質就是無聊嘛，老是背誦周星馳電影的對白。」我毫不留情地取笑，「做作家，至少要有一點文學修養嘛。」

她搖了搖頭，說：「文學修養並不是最重要，最重要的是能不能寫出一個好故事。」

「沒有文學修養，又如何寫出來呢？」

「唉，你根本不明白，懶得跟你解釋。」

她躺回草地上，看了一會星星，又嚷：「曾永年。」

「怎樣呀，林綺玲。」

「你真的沒有想過將來要做些什麼嗎？」

「還有兩年才畢業，怎知道呢。」

「那你為什麼讀工商管理？」

「因為工商管理系門檻低嘛。」

「……我可是花了很多心力才考進來的！」

「真的恭喜你得償所願啊。」我笑了一下，見她又目露凶光，連忙轉移話題：「但你讀工商管理，為什麼又會想做什麼愛情小說作家呢？」

「……有些事情，總是要親身嘗試過了，才會發現自己是不是真的想要、真的喜歡。」

「即是理想與現實，並不一定會符合預期？」

「就是這樣了。」

「那……」我笑了一下，說：「不要有理想，才不會讓自己將來有太多失望？」

「但有理想，是一件好事啊，可以一步一步去實現，到真的完成了，那種滿足感還是很不錯的。」她老氣橫秋地說道。

「我就沒有想這麼多了，寧願隨遇而安、平平淡淡就好。」

「這麼簡單？」

她拿著草地上的樹枝，朝著星空，去畫看不見的獵戶座。

人越大，就越明白，有時越簡單的事情，反而越難做到。

就例如，我的理想。

其實我也有計劃過我的理想。

只希望有天，可以和最愛的人，變成彼此生命中的另一半。

不需要驚天動地、轟轟烈烈，只想可以牽起對方的手，一起走過人生不同的階段，一同見證生命的奇妙旅程。

即使不能享盡榮華，即使未可長命百歲，但不要緊，只要她能夠快樂、幸福，只要能夠在彼此身旁，一起經歷、成長、終老，只要有她，就已經足夠。

是很簡單，但也不容易實現。

因為第一步，我要先牽起對方的手⋯⋯

「林綺玲。」

「怎樣呀，曾永年。」

「如果，」我拿起身旁的小樹枝，搭在她的樹枝上。「如果我的理想，是有你的份兒，你會跟我一起完成嗎？」

「⋯⋯你的理想是什麼？」她側過臉來看我。

我也回看著她，好一會，我放下了手中的樹枝。

然後牽起了，她的手⋯⋯

然後，她立即甩開我的手，嚷：「為什麼搶我的樹枝啊？」

⋯⋯⋯⋯我想大家應該明白，為什麼她沒有做愛情小說作家的潛質吧？

「一定是你的樹枝比較好吧。」我苦笑，拿回自己的樹枝。

「假鬼假怪。」但過了一會，她忽然這樣說：「謝謝你，讓我出現在你的理想裡呢。」

然後，她側過臉看著我，微微笑了。

那是我最喜歡的一張笑臉。

「我也謝謝你，讓我可以分享你的理想。」

那夜，天上佈滿密雲，看不見獵戶座，也看不到半點星光。

但我們躺在草地上，有一搭沒一搭地聊著，直到凌晨，直到天明。

從未試過感受到與另一個人可以如此親近，從不知道心靈相通原來是這種滋味。

雖然天上沒有星。

但是在黑暗之中，我們都看到了，最耀眼的星光。

• • •

「等了很久嗎？」

我抬起眼，只見她笑著坐在我對面的座位。我微笑一下，說：「不，才一會而已。」

「想什麼東西想得那麼入神？我進來的時候跟你打招呼，你也像是看不到。」

「嗯，在想故事題材而已。」我將 menu 遞給她，問：「想吃什麼呢？」

「不吃了，我要減肥。」然後她跟服務生點了一杯凍檸茶。

「哪裡肥了？」我笑問。

「有啦，你沒發現而已。」她皺眉笑道，過了一會，又說：「怎樣，新書還沒有靈感嗎？」

「不，已經交稿了，在想下一本書的主題。」

「真的嗎，很厲害呢！」她雙眼帶著欣羨的目光。「新書的故事是說什麼的？」

「是說……」

「等等，你別說下去，還是等我買來自己看比較好，你一說，我就會猜到是怎樣的故事了。」

我失笑了一下，說：「好，那我不說。」

「真好呢，你可以成為作家，寫自己想寫的故事。」她嘆氣，喝了一口侍應送來的檸檬茶。

「其實也沒有什麼好，寫小說，很花精神與時間，卻賺不到多少錢。」

「但你也有很多支持你的讀者嘛，有人支持你做自己喜歡的事情，其實已經值得慶幸了。」

「也是。」我微笑應道，過了一會，又問：「婚禮的事，進行得順利嗎？」

「馬馬虎虎了，雖然最近公司很忙，要 lead 很多 project。」

「我看新聞，見到你們集團最近又標到幾塊住宅用地呢。」

「是啊，唉，都不體諒一下員工。」她放下檸檬茶，笑著說下去：「幸好老闆答應放我一個月大假，讓我可以有多點時間準備婚禮的事情。」

「你是他的得力助手，他又怎麼敢為難你呢。」

她做個鬼臉，說：「你以為呢，這是要還的啊。」

我拿起自己的凍檸茶，喝了一口，問：「那你的男朋友呢，他最近忙嗎？」

「他剛剛去新加坡視察分公司的裝修進度，過兩天就會回來了。」她眼珠轉動了一下，笑問：「怎樣，你想見他嗎？」

「他最近這麼紅，被喻為創業界新一代男神，應該很多人找他做訪問吧，又怎會有空？」

「他一直都想見見你呢。」她呼了一口氣，又說：「他偶爾也會看你在網上寫的短篇小說。」

「真的受寵若驚啊。」我心裡嚇了一跳，但還是盡量保持自然地說下去：「怎樣也好，婚禮那天總是會見到的。」

「也是呢。」她微笑了一下，然後低下頭來。

「怎麼，有煩惱嗎？」

「你又知道？」

「每次見到你這個表情，通常都是你又在胡思亂想。」我笑說。

「其實我偶爾會想，自己現在所做的事，是不是自己真正想做的事。」

「但你現在的事業也很成功呀，而且你就快嫁給一個如意郎君，這不是你想要做的事嗎？」

她靜默了一會，問我：「你記得十年前，我跟你提過將來想要做些什麼嗎？」

「那時候，你說要做愛情小說作家嘛。」我忍不住笑了。

「是啊，怎知道，最後反而是你成為愛情小說作家，而我變成普通的上班族。」

「但你所做到的事情，其實已經比一般人要好了。」

「如果真要比較，有更多人比我還要好呢。」

「是的，所以說到底，其實就只看你自己是否知足。快樂與幸福，並不是必然，但換個角度去想，也不是只有某一種生活方式，才可以得到。」

「但是只要快樂與幸福，就真的足夠了嗎？」她看著我。

「至少要讓自己快樂，才有力氣去思考去反省，這樣是不是真的已經足夠嘛。」我苦笑說。

「你這是狡辯呢。」說完這一句，她也苦笑了。

然後我們看著窗外的街景，過了好一會，我說：「對了，其實這次約你出來，我是想問你一件事情。」

「什麼事？」

「我想用你的名字，做我新書的主角名字……」

「真的嗎？好啊，我答應！」

我看著她。

滿是笑意、雙頰緋紅的臉。

彷彿像十年前，最初認識她的時候一樣。

彷彿回到那片，燦爛星空下的草原之上。

「你真的願意嗎？」

「願意啊，這樣的話，這個故事算是屬於我的嗎？」她興奮地說。

「是用你的名字做主角的故事。」我呼了口氣，笑答。

「是一個開心的故事嗎？」

「嗯。」我頓了一下，又說：「你不是不想知道故事的內容嗎？」

「是啊，但真想快點看到這本書呢。」

「出了的時候，一定會第一個通知你的。」

「什麼時候會出？」

「應該會在十一月吧。」

「啊，是在我結婚之前嗎？」

「還不肯定，到時確認再通知你吧。」我拿起檸檬茶來喝。

「謝謝你呢。」她笑看著我，過了一會，她忽然這樣問：「對了，十年前你的理想，最後有達成嗎？」

我看著她。

她依然微笑看著我，就像最初認識她的時候，一樣。

「已經達成了。」我這樣說。

「真的嗎？」

「嗯。」

「那就真的太好了。」

然後，我和她一同看出窗外。

街上滿是熙來攘往的人與車，一幢幢的大廈高聳入雲。

看不見天際，也見不到星光。

但那天晚上的景致，還是依然令人難忘。

●　●　●

「你最新修改的稿我收到了，謝謝你準時啊。」

「是我謝謝你等我才對。」

「我匆匆地看了一遍，似乎沒有太多的改動。」

「是的，就只是改了一些錯字，還有將主角的名字修改了。」

「是嗎，不叫陳開心了嗎？」

「嗯，後來想想，陳開心這個名字有點古怪，不太像女生，所以改了。」

「那現在改了什麼名字？」

「曾綺玲。」

「啊，跟你一樣，也是姓曾。」

「嗯。」

「這個名字也不錯啊，很配合角色給人的感覺。」

「是呀。」我輕輕呼了口氣，看著書桌上她的照片，說：「畢竟這個故事，是為了她而寫。」

然後，終於寫完了。

再沒有遺憾，已經足夠。

妳的名字我的姓氏

|作詞|林　夕　　|作曲|李偲菘
|原唱|張學友

曾聽說過　尋覓愛情
就像天與地別離和重聚過程
而我跟你　平靜旅程
並沒有驚心也沒動魄的情景

只需要　當天邊海角競賽追逐時
可跟你　安躺於家裡便覺最寫意
只需要　最迴腸盪氣之時
可用你的名字　和我姓氏　成就這故事

從此以後　無憂無求
故事平淡但當中有你　已經足夠

如果要說　何謂愛情
定是跟你動盪時閒話著世情
和你走過　無盡旅程
就是到天昏髮白亦愛得年青

不相信　當天荒不再地老不合時
竟跟你　多相擁一次便愛多一次
怎相信　最迴腸盪氣之時
可用你的名字　和我姓氏　成就這故事

從此以後　無憂無求
故事平淡但當中有你　已經足夠

從此以後　無憂無求
故事平淡但當中有你　已經足夠

快樂童話像你我一對　已經足夠

閉起雙眼

你
最掛念　　　　誰

林夕　　　　　　　　　　　Middle

閉起雙眼你最掛念誰

國家圖書館出版品預行編目資料
閉起雙眼你最掛念誰／Middle, 林夕 著
─初版─臺北市：春天出版國際, 2017.07
面；公分.─
ISBN 978-986-95077-1-4（平裝）

857.61　　　　　　　　　　106010744

版權所有‧翻印必究
本書如有缺頁破損，敬請寄回更換，謝謝。
ISBN 978-986-95077-1-4
Printed in Taiwan
All rights reserved.

此版本在台灣出版發行

作　者　　Middle 故事／林夕 詞文
總編輯　　莊宜勳
排　版　　三石設計

出版者　　春天出版國際文化有限公司
地　址　　台北市信義區信義路四段458號3樓
電　話　　02-7718-0898
傳　真　　02-7718-2388
E－mail　　frank.spring@msa.hinet.net
網　址　　http://www.bookspring.com.tw
部落格　　http://blog.pixnet.net/bookspring
郵政帳號　19705538
戶　名　　春天出版國際文化有限公司
法律顧問　蕭顯忠律師事務所
出版日期　二〇一七年七月初版
定　價　　330元

總經銷　　楨德圖書事業有限公司
地　址　　新北市新店區寶興路45巷6弄6號5樓
電　話　　02-8919-3186
傳　真　　02-8914-5524

THIS AIN'T
A
LOVE
SONG

THIS AIN'T
A
LOVE
SONG

THIS AIN'T
A
LOVE
SONG

THIS AIN'T
A
LOVE
SONG